Morning
早安书社

天下万物的
来和去，
都有他的
时间

溺紫 著

江苏凤凰文艺出版社
JIANGSU PHOENIX LITERATURE AND ART PUBLISHING, LTD

图书在版编目（CIP）数据

天下万物的来和去，都有他的时间 / 溺紫著. -- 南京：江苏凤凰文艺出版社，2017.5

ISBN 978-7-5399-9212-9

Ⅰ. ①天… Ⅱ. ①溺… Ⅲ. ①散文集－中国－当代 Ⅳ. ①I267

中国版本图书馆 CIP 数据核字（2016）第 085650 号

书　　名	天下万物的来和去，都有他的时间
作　　者	溺　紫
出版统筹	黄小初　邹立勋
选题策划	林玉婷　喻　戎
责任编辑	胡小河　姚　丽
特约编辑	喻　戎
封面设计	棱角视觉
出版发行	江苏凤凰文艺出版社
出版社网址	http://www.jswenyi.com
经　　销	江苏省新华发行集团有限公司
印　　刷	湖南凌宇纸品有限公司
开　　本	880 × 1230 毫米　1/32
字　　数	168 千字
印　　张	8
版　　次	2017 年 5 月第 1 版，2017 年 5 月第 1 次印刷
标准书号	ISBN 978-7-5399-9212-9
定　　价	32.80 元

（江苏凤凰文艺版图书凡印刷、装订错误可随时向承印厂调换）

目 录

博卡拉

睡我隔壁好不好

沈大仙往后再也没见过苏丹。人生便是这样，西出阳关无故人。

我看到沈大仙接完那个电话，整个人一点点从墙上坍下来，像是一座古城，经历了时间的风化。我看到沈大仙哭了，他哭得可真丑，把我也吓哭了。

我丢下沈大仙去找纸巾，在客厅的墙上看到一幅幅被夹子夹起来的手绘，十张里面有八张画的是沈大仙，都是出自苏丹之手，画得可真好。

在这之前，有人给沈大仙画素描还是在念大学的时候。那会儿沈大仙调皮，在学校里打棒球，愣是把美术教室的石膏像打破了，美术系的学姐池鱼遭殃，也被碎片砸到了胳膊，幸好事情不大。后来沈大仙带着水果跟人道歉，学姐哪会这么容易放过他，要罚他当一学期模特。

“能不脱衣服吗？”厚脸皮的沈大仙也不免战战兢兢地问。

“谁要看你脱衣服？”学姐露出一脸厌恶的表情。

于是那一学期，沈大仙被美术系的各位折磨得生不如死。我们笑他，也亏他长得人模狗样的，人家才会提出这样的补偿方案，否则闹出这种事情，学姐要他去刷马桶都不为过。

过去的事情就这么过去了，好像是发生在别人身上似的，竟然变得那么陌生。想到这儿，我拿纸巾抹了抹眼泪，顺手也抽了一沓给沈大仙拿去。

沈大仙本名叫沈肖，因为喜欢奇门遁甲、五行八卦之类的，被人称为沈大仙。沈大仙今年三十岁，离异，直男，无癌。沈大仙个儿挺高，一米八几，脸也俊俏，只是因为常年徒步，所以稍显沧桑，看起来像是四十出头。他穿西装的时候还有几分“衣冠禽兽”的味道，只是大多数时间都是T恤、牛仔裤打发了事。

沈大仙喜欢徒步。有的人徒步是为了出世，有人是为了入世，沈大仙的徒步旅行，应该两种都不算。他说他为自己算过一卦，卦象显示，他注定颠沛流离、无处安生，所以他干脆把自己赶到路上，随性结伴、率性而为。我常常在想，沈大仙为什么能够这么屌，可能因为他是水瓶座吧。

我认识沈大仙的这段时间，他有过一个女朋友，恋爱中的沈大仙跟常人无异，也会带着姑娘来聚会秀秀恩爱，我们几个只知道这姑娘叫苏丹，甚至都不知道是不是真名。苏丹脸上有道浅浅的疤，蕴含着无限的神秘感。我们曾猜测苏丹可能是某个大佬的女人，因为失了势才沦落到沈大仙这儿。对于这一点，沈大仙很看得开，对于人，只要没坏心，他不会计较这么多。

沈大仙和苏丹在博卡拉相识，大概是2012年吧，具体我也不太清楚，因为沈大仙并没有就这一点跟我做具体说明。当时沈大仙偶然决定去尼泊尔徒步，时间仓促，只叫上了一个队友就订机票出发。沈大仙的队友是一个台湾男人，他以前公司的同事，因为这队友临行前打球摔了一跤，稍微带着点伤，所以沈大仙制订了一条常规路线。他们从博卡拉开始出发，刚开始准备就遇到了一群姑娘，苏丹就在里边儿。

苏丹是一个人来的，正和几个小姑娘聊天，台湾队友见缝插针地凑了过去。台湾队友是个话痨，个性不错，讨女孩欢心，加上人长得也不赖，于是这群姑娘就自然而然地跟他们热络起来。

他们从 NAYAPUL 开走，一路有说有笑。沈大仙很少参与他们的话题，常常一个人静静地走。苏丹也不太喜欢凑热闹，于是他们俩就成了队伍里走得最快的人，看起来并肩走着，却全无交集。

苏丹挺漂亮、清爽，在一堆风尘仆仆的女青年中脱颖而出，一路上，不少蓝眼睛的外国小伙对她穷追不舍，苏丹总是一笑而过，特别洒脱。

沈大仙对苏丹有几分好感，但说实话，一个跋山涉水的男人，在满是灰头土脸的徒步者中见到一个漂亮女人，多多少少都会有些心动。沈大仙这些年都在路上，这样心动的情况也不是没有。但欣赏归欣赏，邪念是没有的。倒是他的台湾队友更来劲，一个劲儿地跟苏丹要联系方式。苏丹拒绝，他锲而不舍地要，再拒绝，他再要，于是就这样，他们和苏丹算是认识了。

他们结伴而行，越过山岭与平川。过没多久，沈大仙的台湾队友因为脚伤严重所以半路打算放弃，把他送到医务人员的手上后，沈大仙和苏丹重新上路。他最后都没能顺利要到苏丹的电话号码。

可能这么说有点没良心，但是没了台湾队友，沈大仙还是继续兴致勃勃地走了下去。这日空气通透，能见着鱼尾峰，峰顶巍然，指引着各路来人。他们脚下便是溪流，有时候走得快些，会让人产生在水上行走的错觉。

到了晚上，月色甚好，他们早早睡下，因为台湾队友忽然离队，所以中间空出一张床。

苏丹问沈大仙："我怕黑，你睡我隔壁好不好？"

沈大仙没说话，愣愣地点点头，搬着被子铺盖到了苏丹隔壁的床铺上面，老老实实地躺在苏丹隔壁床上，挺尸了一个晚上。

他心里是喜欢苏丹，但同时，他心里还有一幅山河秀丽的画卷，他的徒步，是很纯粹的。其实我觉得这二者并不矛盾，但也不知道沈大仙是怎么想的，毕竟他是水瓶座。

他们按行程出发去 Poon Hill 看日出，这一次，沈大仙没有沉默，一路上居然聊了许多事情。沈大仙已经很久没有跟女孩一边走路一边聊天的经历，起初有些生涩，后来因为实在投缘，就兴趣盎然地聊了下去。

太阳出来的时候，苏丹朝着沈大仙笑，她脑袋后面有日光的轮廓，像个金色的仙女。沈大仙见过很多美女，但苏丹是最美的。那一刻，沈大仙这么觉得。

后来的几个晚上，苏丹都会在半夜叫醒沈大仙，说："我怕黑，你睡我隔壁好不好？"

沈大仙也就习惯性地搬到苏丹隔壁那张床上。沈大仙从未越雷池一步，也不会主动睡到苏丹隔壁那张床上，只是入夜之后，心中会有些期待，等着那个声音缓缓伴着月色响起。

从山上下来之后，沈大仙比预定计划多留了几天，他们在博卡拉四处游逛，在萨兰克山上，看着远处的珠穆朗玛峰，在费瓦湖上泛舟。苏丹喜欢小孩，这里的小孩也喜欢苏丹，他们总是托着提卡，在苏丹的额头上涂抹。沈大仙最怕小孩，每次都躲得远远的，但还是没能幸免，他的整张脸都被孩子画得红艳艳的。苏丹只是笑，沈大仙也拿孩子没办法。

他们从尼泊尔离开之后，沈大仙在飞机上跟苏丹告白，没什么花哨的形式，开门见山地说："我觉得咱俩挺合适，不知道你有没有男朋友？"

苏丹居然笑着摇摇头。

下飞机后，苏丹转车回到她的城市里，沈大仙回到自己的住处。他们不像小情侣那样热切地、频繁地联系对方，只是经常结伴一起出去徒步旅行。苏丹很多地方都特别让沈大仙喜欢，首先她不娇气，能一口气走一下午不休息，有时候沈大仙都赶不上她。每次沈大仙跟苏丹一块儿徒步，他都觉得自己好像年轻了五岁，生机焕发。其次她很容易理解，她不像其他女孩要人猜测半天。按照沈大仙的思维回路，很快就知道她在想什么，而她也很快能明白沈大仙的想法。

沈大仙有回跟我们开玩笑，说他给自己草草算了一卦，说自己某辈子可能是只狐狸精，而苏丹是被他迷惑的书生，因为沉迷他这温柔乡，从而意志消磨、穷死在乡间。沈大仙欠苏丹一条命，所以这辈子投胎成人，来还苏丹。我们几个对封建迷信向来口诛笔伐，于是沈大仙没往下讲，只是呷了一口茶，朝着门外青山望去。

好像真有那么回事。

那个时候沈大仙是幸福且满足的，至少这点我们十分肯定。同时我们也肯定，感情就是充满变数，叫人猝不及防，也许哪天沈大仙不再爱苏丹，或者苏丹不再爱沈大仙，我们也不会觉得惊奇。幸运的是沈大仙和苏丹感情一直都很不错。

不知道他们之间发生了什么，有一天沈大仙跑来问我：“你们女人，是不是一定要结婚的？”

他一脸做错事的表情，让我来气。

“你怎么把女人当外星物种一样？结婚是两个人的事情，又不是女人的事情。”我劈头盖脸地把他教育了一顿。沈大仙很窘迫，被我说得有些不好意思，我又被他的不好意思弄得有些不好意思，于是我俩陷入了沉默。

沈大仙结过一次婚，这点我们都知道，苏丹也知道，所以我们没避讳过这些，也没有刻意提起过。沈大仙的前妻是沈大仙的初恋，高中同学，高中毕业之后两个人去了不同的城市，也自然就分开了。沈大仙在大学里也谈过几个姑娘，但都不长久。那时候沈大仙的心思全放在研究上，闲暇时间也不爱陪着女朋友，只爱自己四处潇洒，说是个渣男也不为过。

沈大仙工作之后偶然遇上了“前妻”，两人旧情复燃，三两天后就去扯了证。那个时候沈大仙和几个同学共同创业开了一家小公司，“前妻”来了之后就负责财务。可没多久，朋友就发现他前妻挪用公款，而且情节严重，“前妻”有的时候说自己欠了外面的债，有的时候又说家里急用钱，理由总是层出不穷。沈大仙没有袖手旁观，他觉得自己女人的事情就是自己的事情，于是把责任承担了下来。几个合伙人大怒，打算把沈大仙踢出团队。只是一来二去没处理好，又本来就是小公司，经不起折腾，沈大仙还没走，公司就先倒了，“前妻”也很快离开了沈大仙。

沈大仙跟我说的只是一个大概，其中的爱恨纠葛肯定不会这么简单，但我也不好意思深究，毕竟那是一段让人不堪回首的往事。

经历一场半年不到的婚姻，沈大仙最大的改变，就是开始喜欢那些我们看不懂的玄学。然后，他就有了“沈大仙”这个绰号。

沈大仙说：“我喜欢苏丹，可我不想结婚。我是不是个坏人？”

会说自己是个坏人的人，大多不会很坏。沈大仙一直没跟苏丹求婚，不是不喜欢苏丹，只是不喜欢婚姻。沈大仙就是愧疚，他觉得自己可能还是不需要一个家，他甚至不需要一个落脚的地方，现在住的地方都是租的。沈大仙跟我聊这个的时候特别哀愁，我觉得那种哀愁是给他自己的，因为他连自己爱着的女人都无法再信任。他怜悯这样的一个自己。

后来，沈大仙再也没有问过我类似的问题，苏丹和他想象中的女孩并不一样，她从没有暗示过要什么东西。相反，她还为沈大仙做了很多事情。

苏丹原本在外地工作，沈大仙想让她来杭州，她说了声“好”，就来了。她人生地不熟，一个人辛苦，沈大仙觉得自己有义务照顾苏丹，就问苏丹想要什么。虽然问是问了，但沈大仙胆战心惊，生怕苏丹跟他要一张结婚证。

“给我找份工作吧？最好能教书。”苏丹说。她早考好了教师资格证，却没能当上老师，现在还有这个念想。沈大仙大喜过望，他一个本地人，要说金山银山没有，但找份幼师的工作也不难。于是苏丹很快如愿成了一名老师，每天上班时间很规律，下班回来就给沈大仙做饭。放假了沈大仙会带着苏丹去附近的城市徒步旅行，什么徽杭古道啊，什么仙缙古道啊，什么大明山啊，一个没落下。

那段时间我们都认为沈大仙这回算是找到真爱了，但沈大仙似乎还是心有疑虑。沈大仙心里还是扎着一根刺。他试图解决些什么，却连自己也不知道问题是什么。大概因为他是水瓶座，他总是反反复复做一个梦。

“我昨晚做了一个梦。”沈大仙说着，紧紧地拽着苏丹的手。

苏丹帮他擦汗，问他梦到什么了。

“我梦到一个人。”

“梦到谁了？”苏丹笑着问。

“我……我不知道。”沈大仙很难过，无来由地难过。苏丹安慰他说没事的，无论发生什么事情，都已经是过去的事情了。

过了没多久，沈大仙买了房子。因为整天和苏丹在一起，其实他漂泊在外的时间反而少了。我问他怎么想到要定下来，他也说不出原因，只是觉得不能委屈苏丹，就算不结婚，她也会想要筑个巢。我听着都觉得感动。

很多人都去过沈大仙的家里，厚重的设计感，有个大客厅，客厅里有好多张上下铺，错落有致的，像是沙发。这是沈大仙自己设计的，苏丹和他都愿意给偶尔从远方来的朋友提供一个落脚的地方。

苏丹闲来无事就会待在家里捣鼓屋子。等到家里的装饰都别具一格的时候，那些挂画又不合她心意，于是苏丹决定自己画。

“哟，你还会画画？”我对会画画的人总是充满敬意，毕竟自己“手残”。

苏丹笑着摇摇头：“随便画的。”

说是这么说，我看她拿笔的架势一点都不输于人。苏丹说太久没画画了，得先练习练习找找感觉，于是没事就会拿沈大仙练手。沈大仙拿她没办法，只好乖乖听话。

苏丹画得渐渐好起来，常常会被我们大加称赞，沈大仙倒没有大言不惭地说“那是因为我长得帅”，但我们看他那嘚瑟的小表情都能了然于心。有时候老海会口无遮拦地说：“哎，这婚房都布置好了，你俩什么时候举行婚礼啊？”

这时，气氛就会陷入一片死寂之中。

我们都知道沈大仙的心病没有痊愈，倒不是说沈大仙是一个怎样小气的人，只是一朝被蛇咬，十年怕井绳，这个故事也真的不是瞎编乱造。我们都知道沈大仙的过去，经历过婚姻的人才有资格说“如人饮水冷暖自知”，否则都是扯淡。而站在苏丹的立场上，没有哪个女人不想要身披白纱、被人祝福，对她而言确实不太公平。

之后的一年里，苏丹还是没有提出过任何要求，甚至连暗示都没有。而这份体贴却让沈大仙越来越不安。沈大仙有的时候会想：像苏丹这么好的姑娘，如果没有遇上他，还可以遇上很多好人，至少是个愿意娶她的人。

“我会耽误你。还是分开吧。”沈大仙说。这就是他最后的决定了。

苏丹没说话，看着沈大仙老半天，眼泪在眼眶里打转，就是没往下掉。沈大仙看得心疼，想要收回自己的话。但他也知道，一旦收回这句话，下一句可就是承诺了，而他无法轻易许下承诺。沈大仙最后收拾了一些衣物，自己一个人搬到了以前租住的小公寓里去了。他一直没有退掉公寓，也就是怕这天的到来。

今年四月，苏丹说要再去趟尼泊尔，沈大仙没拦着苏丹。

“是我对不住你。”沈大仙说。

“不。没有的。”苏丹笑了笑。临走前，苏丹说她想过了，这些年能和沈大仙在一起她已经心满意足。

听到这儿，沈大仙有些迷糊。显然苏丹也不愿意再多做解释。

她打算等这次旅游结束之后就直接回老家去，家里的工作也联系好了，还是做老师。

沈大仙看着苏丹离去的背影，感叹自己的人生，也感叹自己的残酷。

苏丹离开后的一天，沈大仙接到一个电话。当时恰好我也在沈大仙的身边。沈大仙跟电话里的人整整聊了三个小时，我都没找到机会跟他告别，就坐在沙发上玩手机，干巴巴地等他讲完三个小时的电话。我看到沈大仙接完那个电话，整个人一点点从墙上坍下来，像是一座古城，经历了时间的风化。

“你知道苏琪云是谁吗？”沈大仙忽然问我。我摇摇头。我压根没听过这个名字。

“我也不认识。”沈大仙说。

“但我应该认识的。”他缓缓起身，走到窗前，点了一支烟。

“那个美术系的学姐你还记得吗？”他又问我。

我想了半天，才勉强点点头。又过了半天时间，我忽然从沙发上蹦起来。我望着沈大仙，憋了一肚子的话。

刚刚来电话的，是我们学校的校友，美术系的。也不知道她从哪里得来了沈大仙的号码，在电话里讲述了一段关于苏琪云的故事。

苏琪云，就是那个美术系的学姐。我们都跟她不熟。沈大仙从来没想过要问她的名字，学姐的存在单薄而平凡，她总是在画板后面，老半天才看到一只眼睛，沈大仙不敢回看她，生怕她又想出什么怪招折磨自己。

但其实学姐不会折磨他。美术系的所有人都知道，学姐会悄悄地从窗子里偷看沈大仙，什么时候开始的，就没人知道了。学姐从没想过那个球就这么朝着自己飞过来，那一瞬间，心里除了惊恐，可能还有一丝丝喜悦在里面。

学姐命不好，电话里的人是这么说的。她大学毕业后回到老家工作，去了一家画室做兼职老师，接着发生了一场火灾，倒是没烧到她，但在跑的时候有人把她撞倒在了画架上，脸上留下了一道疤。她原本可以不被撞倒，只是她低头去捡了她的画夹，她捡起来，被人踢了一脚。那画夹里就放着以前给沈大仙画的素描。

然而沈大仙却把她忘记了。我们也都把她忘了。我想起《一封陌生女人的来信》里的一句话："如果你叫我，就算我待在坟墓里，也会涌出一股力量站起来，跟着你走。"要多么炙热的喜爱，才能忍受这份淡漠的遗忘。

沈大仙不知道什么时候哭了，他哭得可真丑，把我也吓哭了。我看沈大仙泣不成声，心里万般不忍。

那晚，没了地铁我没法回家，就睡到他家客厅。沈大仙说我一个女孩就别睡客厅了，于是把他那屋让给我睡，自己跑去客厅睡。

晚上我起来喝水，看到沈大仙躺在其中一张高低铺上面，手却搭在另一张床上，眼睛闭着，对着空落落的客厅，嘴里叨念着什么东西。

我们不知道，苏丹在博卡拉见到沈大仙的时候，是什么心情。

我们不知道，苏丹发现沈大仙把她忘记了的时候，是什么心情。

我们不知道，苏丹离开沈大仙的时候，是什么心情。

我们不知道，苏丹说“我怕黑，你睡我隔壁好不好”的时候，又是什么心情。

关于这些，我们可能永远没办法知道了。沈大仙往后再也没见过苏丹。人生便是这样，西出阳关无故人。

2015 年 4 月 25 日，尼泊尔发生 8.1 级地震。截至 2015 年 6 月 11 日，地震至少造成 8786 人死亡，22303 人受伤。两个月后，苏丹老家的人打来电话，苏丹仍然失联。

爱丁堡

•

一期一会

那一天是最美好的一天，然而他们并没有在一起。

○

一、

今年圣诞节的时候我收到安东结婚的消息，“脸书”上的赞已经点到三百多个，他还是没改那个一唠嗑就停不下来的坏毛病，每个人的留言全给回了一遍。其中包括写了一长篇“你小子要好自为之”为主题的散文的我，也包括只说了一句“恭喜”的艾玛。

我至今不敢相信安东结婚了。认识他的时候他还是个啰里吧嗦的毛头小伙，现在已经是一名啰里吧嗦的人夫。

我和安东一直保持着互相点赞的友情，从来不私聊，也难得写评论，这一点就是五年过去。我翻阅了安东的相册，发现他娶了一个面容和善的女人，基本都是素颜，连结婚照都没贴假睫毛。她个头很高，穿了高跟鞋比安东高出半个头，安东亲昵地搂着她，好像我小学的时候搂我那只一米六高的泰迪熊。

我和安东认识也是在一个圣诞节，那时我一手拿着棉花糖正摔了个狗啃泥，棉花糖粘在我脸上，宛如圣诞老人附体，安东恰巧路过，笑得人仰马翻。

二、

2010 年秋天的时候我刚到英国，人生地不熟的时候过了第一个圣诞，我考虑要不要给我那将近十一平方米的小房间来一棵圣诞树，最后之所以打消了这个矫情的念头，因为李雷在十二月中旬的时候打了个电话给我。

“来爱丁堡和我们一起过圣诞节吧。”他说。

“管吃管住吗？”我问。

“管不了。”他又说。

“好，我去。”

李雷是我认识的第一个混英国的朋友。认识他的时候，我还在新东方念雅思，因为总迟到，李雷敬我是条汉子，开始主动给我占座，我们就认识了。

我认为李雷的英语肯定不差，因为他和英语书里那个李雷同名同姓，而且他已经在英国待了好些年，他来念新东方，纯粹是来听段子的。那会儿新东方的大课就这样，每个老师都是段子手，不插广告，人长得还帅。对了，我的意思倒不是说李雷看上了哪个男老师。

我坐了八个小时的火车来到爱丁堡，李雷在车站见到我就递过来一杯热巧克力。我说你就是那么了解我，知道我喜欢热巧克力。他说没有，买一送一。

教科书上的那个李雷有没有娶韩梅梅我不知道，反正我们这位李雷没有，他娶了一个小洋妞，还顺便发扬了一下我们的传统美德“妻管严”。他说他能陪我逛逛，但不是每天都有空，晚上必须回家给老婆做饭。

李雷给我订了闹市区的一家旅馆，主要是怕我走丢。不怪他，毕竟我在浙大玉泉校区屁大点的地方都走丢过好几回。

我住下来之后去了爱丁堡城堡，逛了老街区，李雷回去给他老婆做饭，我则找到了一家中餐馆，随便点了个特餐。就是那个时候，我遇到了艾玛。

艾玛长得白白净净的，在爱丁堡大学念书，扎个长辫子，穿长长的裙子。她一勺一勺小心翼翼地吃着，因为她在，显得我们其他客人都像饿了三天三夜的维京人。

艾玛就住在我隔壁公寓，每天出门都会带着一把红色的伞，这和她全身素色搭配显得有些突兀。我想大抵是因为她不是学艺术的，所以对色彩搭配没什么造诣，不像我，能 hold 住各种红绿黄紫的撞色。

我在国立美术馆第一次和艾玛说上话，那时候美术馆展出的是约翰·列侬和小野洋子的照片。这两位是秀恩爱界的开山老祖。我以女人的直觉感应到艾玛可能在哭，便伸手把咖啡杯隔热的纸巾递了过去。她也不介意，拿来就用。那会儿的艾玛看起来很接地气，我有点喜欢。

我没问她为什么哭，我自认为谁都有个伤春悲秋的时候。英雄莫问出处，挫人莫问何故。说不定哪天你也会挫，就当是给自己积德。我认识李雷的时候，我就很挫，家里父母闹离婚，爸妈把我和家里那些个锅碗瓢盆一样按现值计算，我忘了我折了多少现了，反正不便宜。一旦我知道自己市价几何，就觉得之前有些亏待自己，于是跟我妈拿了点现钱去新东方听段子，就是那时候遇上了李雷。那时候李雷有个小女朋友，每天都春风得意，当然结果他也没能得意太久。

三、

艾玛家在英格兰的一个小镇，她比一般女孩子要安静一些，不爱去派对，也不喜欢集市，每天就窝在图书馆。我和艾玛还算比较有话聊，都看电影，还都爱看那种惨不拉几的。于是一来二往，我们就成了见面能聊上几句的朋友。

在遇上艾玛后不久，我在爱丁堡的游园会上遇到了安东。有趣的是，艾玛住在我右手边的公寓，安东住在我左手边的公寓。因为爱丁堡本来就不大，我倒没觉得这是什么巧合。

安东是建筑系的男生，苏格兰人，一个非常独立的话痨。他基本上不靠别人搭腔就能唠完一个上午，天文地理无所不知无所不晓。安东喜欢的人是图书馆管理员——一个褐色头发、戴眼镜的小姑娘。因为他话痨，所以全世界都知道他喜欢人家，她也顺理成章地和他走到了一块儿。也因为他话痨，把人家的小秘密都往外捅，于是就分手了，就好了两三天。

安东分手了之后很闲，说是要带我逛爱丁堡，正巧李雷“妻管严”晚期这几天正陪老婆去上课，我恭敬不如从命。比起李雷的破讲解，我觉得安东不做导游简直是浪费，我强烈要求请他吃饭。饭间我们聊到艾玛，因为安东喜欢去图书馆找管理员，所以常常能在图书馆看到艾玛。

“她挺漂亮的，就是太沉闷。”安东说道。

跟你比，谁都沉闷吧。我想。

“最近都是大晴天，也不知道她拿把伞干什么。”

我觉得可能是一种范儿，就像有些人也不瘸却要拄着拐杖。关于艾玛的风格我没细究，但是安东的喜好倒是一早就暴露无遗，他喜欢那种素净、高挑的女孩儿，比如艾玛这种。艾玛最喜欢的男演员是汤姆·希德勒斯顿，所以应该喜欢发际线比较高的男孩。我回到旅馆，刚好李雷在门口，给我拿了个棉花糖。

“这可不是买一送一的吧？”我有点担心。

“我看你微博说你平地摔。你也是能干。”他说。

“都好几天了。”

我接过棉花糖，看了一眼重色轻友的李雷。李雷这人有一个优点，不是人好，是年轻，在他初三的时候就已经一步到位长成现在这个样子，所以不管他多大，看起来都和初三时是一模一样的。李雷以前那个小女朋友，是个衢州女孩儿，两人是同岁，那会儿我们都知道这两个人的关系，好些年异地恋着。我们以为他会和那个小女朋友结婚，谁知道新东方课程结束后，李雷回到英国，QQ 上告诉我说他分手了。我有点不信，问怎么分的，他说是女孩出轨了。

女孩说：“外面的世界那么大，诱惑那么多。我先出轨，总比等你出轨强。”

我们聊的是语音，我听到那头的壮汉哭成了傻帽儿。

我也知道世界很大，但我们终究都是很渺小很卑微的人，被伤了会难过流泪，被打了会哭爹喊娘。其实我也不知道该怎么去反驳那个姑娘的观点，她想要一场有承诺的爱情，但承诺有时候和放屁并没有什么两样。我相信李雷不是那种会背信弃义的人，但我信没用，最终他还是没能逃过自己的信用危机。听说那个姑娘很快就结了婚，嫁给了一个同乡的男孩。两个人回老家结的婚，女孩再也没来过杭州。我知道她是很喜欢杭州的，但这个世界就是不会把你喜欢的都给你双手奉上。

四、

"安东好像挺喜欢你的。"我一边喝着我的巧克力，一边随口说道。

艾玛口中的咖啡喷了出来，只是一个玩笑，我没想到她动静那么大。我挺喜欢她这样的，羞涩、可爱，我要是个男生，我也会喜欢上她。

我和艾玛看书到下午。这家咖啡馆在大学隔壁，有一堵漂亮的玻璃墙，坐在这里能把高低远近的街景尽收眼底。艾玛第一次带我来到这儿的时候，我几乎是喜欢得要哭出来。艾玛是个美丽而不自知的人，这样的人如同璞玉一般难能可贵。我见到艾玛的时候总是心疼，心疼璞玉无人雕琢。

“你别看安东这样，其实他是个挺正经的人。”我也不知道为什么，再一次提到了安东，也许是因为艾玛本身也不反感这个话题。

“我是想说……他跟女朋友分手了，一个人可能挺孤单的。”我话音未落，安东那个家伙就从咖啡馆的大玻璃墙面前路过。他和几个女孩子在一块打闹，还跟我们打了个招呼。我感到有种神秘的气流正在打我的脸，啪啪地打。

我觉得自己做了多余的事情。但是艾玛说第一天来爱丁堡的时候，她心中惴惴不安，她在车站不敢问人，一个男孩主动问她是不是迷路了。那个人就是安东。

安东把她带到她住的地方，那是个暴雪天气，安东话又多，等他们走到室内，安东的嘴几乎都被吹歪了。医生说下次这种天气一定要戴口罩，否则面瘫等着你。安东这才安分下来。

那个时候艾玛觉得很安心，因为她知道安东的住处离她只有两栋楼的距离。

五、

艾玛和安东都是毕业生，这是我后来才知道的事情。两人都是各奔前程的时候。我竟然为他们觉得有些不舍。安东因为要忙着写毕业论文没时间再陪我玩，但他是个周到的人，答应开车陪我在爱丁堡周围绕一圈。

那天是圣诞节，下了大雪，我是个南方姑娘，特别喜欢这种鹅毛大雪，巴不得能在外面狂奔几圈再回来，但安东把我按回车里。他说你在英国多待几年就不会那么喜欢了。

我们没有开很久，一个泄气的声音就从车底传来。我和安东面面相觑。

安东的车子熄火了。那时候路上的积雪十分厚实，安东不敢随便启动。于是我们俩只好干坐着，打通保险公司的电话。

一开始我还激动地玩雪，趴在窗户前用手指画画，可过不了多久我就腻味了。见安东一副百无聊赖的样子，我忍不住想和他聊聊艾玛。

“艾玛说她第一天来爱丁堡的时候，是你帮的她。”我说。

“她还记得？”安东很意外，脸上露出了一个浅浅的笑容。

安东说，他觉得艾玛可能是讨厌他的。他们第一次在车站遇见，那时候她一句话都没说，他后来发现他们住得很近，可艾玛从来没有从他楼下路过，反而是走一条又长又窄的小路。

开学后，唯一和艾玛说话是有次下大雨，艾玛带着伞，他过去搭讪，结果被她一个狠瞪吓到，不得不换了个人蹭伞。

我笑他没用，平时话那么多，被人瞪一眼就歇菜了。

我们喝光了热咖啡，有一种快要死掉的感觉。我感觉很糟，头晕目眩。

我从未在大雪天抛锚的车里度过三个半小时，所以我也不知道自己的身体原来熬不过这苦寒的三个半小时。也可能是我话说重了，老天看不下去。

安东告诉我，那天我笑了几声后就没了声音，当时他使劲儿摇我，真的吓坏了。他叫救护车，可路况实在太差，连保险公司的车都没到，更别提救护车了。安东不知道我是什么毛病，他拿我手机找联系人，没找到李雷，找到了艾玛，于是就打电话给艾玛。艾玛学过一些应急医疗知识，说我只是低血糖，可安东还是慌张，他扛着我往回跑。

艾玛在她家等我们，看着他一步一蹒跚地走来，她接过手抱着我回家躺下。安东让艾玛照顾我，他回去搞他的车。艾玛喂了我一些吃的，看我慢慢好起来，她走到窗前寻找安东的身影。

我醒来后觉得羞愧，我不知道安东怎么扛着我这一百多斤的人走了那么远的路，安东的形象顿时在我心中高大了许多。

六、

离开爱丁堡那天，我都没见过安东，他特别特别忙。

走的那天，李雷送老婆去上班，是艾玛来送的我。

我退房的时候是早上，旅馆的大叔看到我很热情，见到我就塞了一颗糖给我。原来这一片都知道安东圣诞节扛着我回来的事情，都知道我低血糖，我从来没设想过自己竟然在爱丁堡人民的眼中留下一个低血糖患者的形象。但留也留了，就这样吧。

艾玛今天没有拿伞，我觉得很意外。

艾玛笑笑。她说今天她喜欢的男孩子就要去别的地方了，带不带伞都无所谓。

这样劲爆的八卦，我从未想过会从她口中说出。

艾玛喜欢的人住在离她只有几面墙之隔的地方，知道这件事之后，艾玛变得很害怕，害怕一起上学的时候会暴露自己的心情，于是选了一条无人问津的小路上学。

艾玛一直偷偷地喜欢着他，但她不敢说。有天下雨，男孩子拍拍她的肩膀，想让她分享一下伞，结果她傻掉了，男孩子以为她不愿意就和别人拼伞去了。然后她一直期待有这么一天再下雨，她可以邀请男孩子一起撑伞。为此，她选了一把自己不是很喜欢的红雨伞，只是希望他可以一眼就瞧见。

事与愿违的是，从那之后，每天天气都晴好。

我听完有些惊讶。因为我知道这个男孩就是安东。

“你……打算告诉他吗？”

艾玛看着远处的街角，浅笑不语。这不是一个答案，因为她自己也不知道答案。

我在车上忐忑不安，回到伦敦之后，看到安东发了一条自己来到曼彻斯特实习的状态。我给他点了第一个赞。这五年中，我给他点了无数个赞，但我始终没有告诉他艾玛的事情。一开始，我是找不到一个好的时机，后来我看到安东的“脸书”状态改成了“恋爱中”，我觉得我又失去了最好的时机。

七、

李雷娶了小洋妞的那天，我帮他在国内的圈子里做了个小小的宣传，让他收获了大把的祝福。那天他的前女友衢州小姑娘也给我发了条私信。

“李雷结婚啦？”

“是的。”

“可不可以帮我祝福他？”

“你怎么自己不去？”

“我怕打扰他。”

“你是该怕。”

我觉得我说得有些太狠，毕竟她在我心目中依旧是那个人畜无害的小姑娘形象，只是当时的我正义感爆棚，没想那么多。后来小姑娘没有再说话，我也想点到为止。第二天我起床，看到她写了一长段文字，发出的时间是早上五点。我们上一句对话是前一天晚上九点，我总有一种感觉，她这几百个字写了八个小时才写完。

她说她和李雷是在大学里认识的，那会儿她就一直向往杭州的“山色空蒙雨亦奇”，决定无论如何都要去杭州。李雷是杭州人，对她也好，为人诚恳，从不开空头支票。她没想过李雷也打算出去看看，一去就是国外。姑娘家是种芦柑的，几十袋芦柑才够她在杭州一个月的生活费用，而且是省吃俭用。而李雷却说想要出去看看。李雷的家庭只是小康水平，没办法像电视里那些人演的那样狼心狗肺地跟女孩儿说“你跟我一起出国，以后我养你”。那时候他还是他妈养着。她的朋友开始教育她做人不易，开始跟她讲那些《知音》上面的花心人渣故事。那时候她同乡的小伙子也在追求她，小伙子是大学门口卖奶茶的，承包了一个店铺，看起来一副年轻有为的样子。他们打算在一起，小伙子说回老家办婚礼，回去了之后就再也没有回来。原来小伙子奶茶店开不下去，早就打算回老家，现在她带着两个孩子每天洗衣做饭忙里忙外，也没时间想那么多事情。

她说人和人是讲究缘分的，但其实最要紧的还是合不合适，她回到老家后想了很久总算想明白，她和李雷是不会长久的。她是爱他，但爱得不那么单纯，她想找个靠脚的地方，结果找到了李雷这家五星级大酒店。

可再完美奢华，最后也只不过是一家旅馆，累了依偎，醒来还要继续赶路。最后所有的人都要往自己的家里赶，如果没有家，就找一个，找不到，就造一个，但没有人愿意永远待在旅馆里。

我想了想，还是把她的话转达给了李雷，那是在他度蜜月回来一个月后。李雷看完那些话，心平气和地说了一句：“她长大了。”

八、

两年后我和朋友一起看了安妮·海瑟薇演的《一天》，不知道为什么我突然想起了艾玛。

我打算再去一次爱丁堡，这次李雷没有邀请我，我也懒得跟他联系。艾玛说她来接我。其实很多时候我们对于艾玛是有误解的，因为她话少、孤僻，就理所应当觉得她不怎么好客。其实艾玛这两年里好几次邀请我去玩，只是因为我实在太忙抽不开身。

我再次见到她的时候，她话变多了，因为开始工作的关系，人也变得活泼开朗。但她还是没有男朋友。

我到的那天也是下了一场鹅毛大雪，整个爱丁堡变得像童话故事里一样。艾玛请我喝热茶，味道特别好，她说是她日本客户带来的。我没想到她居然跑去做公司业务，要经常与人打交道。

艾玛问我还记不记得那天昏倒的事情，我说我这辈子都忘不掉，我太重了。她笑笑，说安东后来来找我，我已经回旅馆去了，他们四目相对，最终还是说了一些话。

安东要去曼彻斯特，问她要去哪里。

艾玛说不知道。

安东挠了挠头，左顾右盼，不知道说些什么。

艾玛不知道为什么，竟然觉得有一丝丝高兴。兴许喜欢一个人就是这样，他装的时候你会觉得他帅，他傻的时候你会觉得可爱。

“圣诞快乐。”安东说着，轻轻地搂住她。

艾玛一下子就愣住了。直到安东消失在路口，她开始漫无目的地在屋里乱走，开窗，那是刚下过雪的窗台，她使出全身力气靠了上去。该走的都走了，最后只留她一个，她知道他已经看不见她，但她还是一头扎进新雪里，不想让人知道她的心情。

我想，那个拥抱一定不是毫无意义。

我每次和安东聊天总会绕到艾玛身上，肯定也不是毫无意义。

那天，他会在我手机通讯录的几百号人里偏偏挑了艾玛求救，更不是毫无意义。

我看着水中漂浮的茶叶，想到了一个词：一期一会。这是日本茶道里会用的一个词，是说人一生只有一次美好相遇。就像安妮·海瑟薇的《一天》，那一天是最美好的一天，然而他们并没有在一起。

巴黎

•

春风沉醉的晚上

“我等你回来。”春天说。阿光只是点头，却没有回答。

○

当这样的无可奈何，春风沉醉的晚上，我每要在各处乱走，走到天将明的时候才回家里。

——郁达夫

一、

看完《巴黎，我爱你》的第五年，我终于屁颠屁颠跑来巴黎，中间经历的那几番波折，也变得没什么可抱怨的。坐着欧洲之星的时候，我忍不住轻哼起侯湘婷的《一起去巴黎》，弄得车厢里过往的人都会看我那么一眼。

有一个地方，我心心念念了不知多少年，现在终于还是来了。我走进拉雪兹公墓，沿着小道走到深处，那是一处不足十平方米的所在，赫然可见王尔德的墓碑。这是一个独特的墓碑，和周围所有的名人墓碑都不一样，它更像是雕像，仿佛一只狮子的头部，上面吻满了红色的唇印。唇印是爱慕者们吻上去的，可惜我到巴黎的时候这里已经被围了起来，无法再亲吻他的墓碑。即便无法亲吻他，依旧有年轻女孩儿趋之若鹜，在围栏附近留下她们的礼物，花和卡片是我见到最多的。我没有准备这些，随手撕了一张我的便笺，在上面写了我唯一会写的法语“Je t'aime”(我爱你)。

我爱你，这样矫情的言语，我至今没有对任何一个亲密的人说过，因为别扭。我可以没羞没臊，但我不喜欢别扭，所以无法开口。但对象如果是眼前的墓碑，以及这个墓碑下长眠的男人，好像就没那么别扭了。对于他的感情，和很多人一样，不是“君生我未生”，而是“高山仰止，景行行止”。

我在墓前伫立许久，渐渐周围的人都散去，最后只剩我一个人静静地看着那尊皎洁的塑像。这时候又来了一位新的访客，我听到脚步声，等到她近了，我才朝她的方向看去。向我走来的，是一个约莫四十岁的女人，高挑，纤细，黑发，并没有太多装扮，神采奕奕。这拉雪兹公墓虽然修葺得很好，但是石板路总是崎岖不平的，她走得很稳。如果不是看到她手上的盲杖，我绝对想不到她是个盲人。

我给她腾出空位，她点头说了声“谢谢”。后来，我俩就这样并肩站着，直到洒满落日余晖。

“你从哪儿来？”她刻意用了英语，怕是早就察觉到我不是本地人。我告诉她我是中国人，她笑了笑又和我说起了汉语。她告诉我她是一位马来西亚华人，小时候跟着妈妈一起来到巴黎，在这儿已经待了二十九年，她喜欢奥斯卡·王尔德的小说，所以总是趁着人最少的时候来看他，像看一个旧友。我俩之间不知道是谁又挑起了话题，她说她最喜欢的是《夜莺与玫瑰》，我说我还是比较喜欢《道林·格雷的画像》。我又想说些什么，停了半天，却打了个喷嚏，尴尬至极。

“小姐，要不要热茶？”女人问。我谢过，却不好意思接受她的好意。我站了半天确实有些累了，而眼前的这个人，我又想和她多聊聊。

“不如……我们去坐坐吧。”我鼓起勇气说。女人微笑着同意了这个提议。这里是无处落座的，我和她从拉雪兹公墓离开，出门，走到街角的一家咖啡店坐了下来。最后，我还是喝了她的热茶，非常好喝的花茶。我问她这是什么茶，她说这是接骨木花茶。

她的名字叫徐春天，暂且叫她春天好了。春天的眼睛生来就是这样，她从来没见过黑暗以外的东西，起初是向往的，后来也就变得习以为常。我曾经也写过关于盲人的故事，多多少少了解过他们的生活，但是作为一个视力无障碍的人，去理解他们的生活是不可能的。我们所能做的最多只是封闭自己的感官，而他们所经历的却是感受和随之而来的一系列思想变化。

我颇感兴趣的是，她是何时开始喜欢王尔德的。现在盲文书和有声书都是很普遍的东西，盲人喜欢看书也并不是什么稀奇的事情，但为什么是王尔德呢？

二、

春天告诉我她出生在槟城，她没有爸爸，妈妈长期在世界各地工作，所以被安置到一处私人学校，后来长大去了社会上的盲人初中，当时学校设施并不太齐全，常常会有义工来陪伴他们。在那些义工之中，有一个叫阿光的男孩子，他的声音最好听，而且总是不厌其烦地和他们聊天，春天很快记住了他的声音。

“声音很好辨认，比一个人的外貌更容易。”春天说。

阿光几乎是每天都要来做义工的，有时候一个小时，有时候一整天，春天虽然能清楚地辨识阿光的声音，却猜测不出他的年纪。有一回她鼓足了勇气去问，阿光才笑着说：“春天啊，我可比你大八岁呢。”

那年春天十三岁，阿光二十一岁。

春天常常幻想自己到了二十岁会是怎样的人。春天的妈妈二十出头嫁给了她的爸爸，但是仅仅过了一年，她爸爸就不见了，没人知道他去了哪里，没人知道他还会不会回来。而这些，都是隔壁阿姨们聊天的时候，春天无意间听到的。对于当时的春天而言，二十岁并不是什么朝气蓬勃令人充满向往的好东西，反而有些令人望而生畏。她到了二十岁，会不会像阿光一样依旧有一个十几岁少年的嗓音？会不会也像母亲一样嫁给一个人，然后有一天，他销声匿迹？还是自己未必能活到二十岁？这样的假设，不止一次出现在春天的脑海里。

阿光似乎感受到春天的那种隐隐的不安，握住了她的手。那是春天第一次被男生握住手，所以她不知所措，不敢回握，也不想放开，于是就这么被阿光握着。

“那个时候，他念了个故事给我听。”春天说。说这话的时候，她的脸上笑容洋溢。

当时，阿光念了一个王尔德写的故事，是一个童话，叫《快乐王子》。那是一个让人很难以忘怀的故事，春天从来没听过那么残忍的童话，阿光却说自己很羡慕快乐王子，他的身体不能动，他的心却是活生生的。当时春天并没有听出阿光语气里的无奈，她还太小。

相处久了，春天发现阿光和其他义工有些不太一样。其他人都是自愿来的，而阿光，他时不时会抱怨几句，不是对着学生，而是他一个人的时候。

他常常会叹气，口中嘟囔着一些春天听不懂的话。春天听到这样的叹息，就知道是阿光，于是她总是习惯性地走到阿光身边，摸摸他的头。春天并不知道这样的动作有什么意义，她难过的时候，阿光也会摸她的头，她只不过是如法炮制。

阿光很疼春天，每次来都会单独给她带一些零食或玩具，对于别的小孩而言那点东西不算什么，爸爸妈妈买的要更好，但是心理上多多少少产生了一些嫉妒。因为这个，阿光被教导老师斥责过，甚至差点要被踢出义工的名单，最后是几个女老师帮他说话，这才平息了。后来春天告诉阿光，学校里什么都有，希望他不要给她买了，她说得很严肃、很大声，与她那小小的个头形成鲜明对比。

“那以后我不带了，你可别哭。”阿光说。

“我才不会。”春天说完，又补了一句，“我还是比较喜欢阿光讲的故事。”

阿光笑了。

三、

春天十四岁的时候，见阿光的时间开始变少。因为义工大部分时间都是来帮着低年级的学生，熟悉了学校之后，义工对于这些孩子而言就没有太大的意义。

阿光还是会抽时间给春天讲故事，不光是王尔德，还有欧•亨利、马克•吐温，有些好笑，有些伤感。学校里的老师不是没提醒过春天，希望她不要总是黏着阿光，毕竟阿光是义工，他的工作对象是全校同学。

“如果你不听话，阿光就再也不会来了。”老师语气里有些许威胁的意味。

听到这样的话，春天居然不受自己控制地顶撞了那个老师，那个时候的春天总给人一种温顺的感觉，一下子变得这么凶，老师有些反应不过来，竟然是气得扭头就走。后来春天被几个年纪稍长一些的老师叫过去，说了些语重心长的话，春天再也没有摆出叛逆的样子，老师都很满意。然而这件事情被传扬了开去，春天的身边充斥着类似“没教养”“爸爸只管生不管养”之类的闲言碎语。

阿光听到这些流言蜚语之后跑来找她，却发现她若无其事地上课、休息，春天比他想象的要坚强多了。这些天阿光也被几个老师反复说教，希望他不要再去找春天。阿光觉得很生气，工作都变得懈怠起来，相比春天，年长八岁的他反而成了那个幼稚的人。

老师这样规劝不是全无道理，阿光和其他的义工有些不同，他不是出于自愿来做义工的。阿光的父亲是个商人，具体名号是个谜，但绝对不是泛泛之辈。阿光的母亲是个很好看的女人，但不是他父亲明媒正娶的妻子，她生下阿光之后就搬到郊区一栋别墅里生活，父亲难得会去看她，而阿光是从小跟着父亲一起住到市区的大宅子里。十八岁那年，阿光没有念大学，而是直接被父亲叫去公司工作。他对父亲的做法一直以来都颇有微词，到了这个时候却只能按照他说的去做，否则母亲会一直哭，哭到他答应为止。阿光不仅不是什么叛逆少年，反而还算是上进，工作对于阿光来说很新奇，他的能力受到了组长的看中，当然组长一起看中的还有他父亲的光环。很快阿光这个人在公司里变得有口皆碑，这是他父亲很乐意见到的结果，然而接踵而来的是关于他身世的猜测，槟城太小了，小到容不下一个秘密。公司里的人开始讨论阿光的妈妈是怎么做了别人的小三，还有人拍到阿光妈妈买菜的照片，阿光一怒之下打了那个人。当时所有员工都因这一幕怔住了，没有人上来劝架，直到阿光把那个职员打进了医院，最后公司赔了一笔数目不算小的钱，这才了结。阿光的父亲很生气，开除了阿光，并且让他在禁闭和义工之间二选一，结果他选择了做义工。

阿光做义工，一做就是一年多过去，家里很多人跟他父亲求情，一年已经够久了，他们也跑来劝阿光，道个歉就完了，义工有什么好当的，他只要道歉，就能自由了。阿光摇头拒绝，他不想道歉，他也知道，自己是不会自由的。因为母亲还住在那个牢狱似的地方，她说这是离他父亲最近的地方，她哪儿都不想去，她不走，阿光自然也不会走。

春天知道这些往事的时候，已经是二十几年后。

四、

春天和阿光还是常常腻在一起，学校的老师最后没了脾气，也懒得管他们。他们在一起的时候，阿光总是在讲故事，春天总是聚精会神地听，在学校里，这样的场景并没有什么稀奇的，所以渐渐也没有人再去提出什么异议。

春天一直都知道阿光是义工，而不是自己的家人，等她毕业，自己就再也没有什么理由黏着阿光，她是明白的。

那年夏天的时候，父亲找到阿光谈话。父亲不知是听了谁的话，打算终止对阿光的惩罚，并且打算送阿光去巴黎念书。念书，一直都是阿光想做的事情，现在父亲显然是对他妥协了，这还是他人生第一次。父亲的这个决定十分仓促，阿光看到父亲脸上的神情，有一丝隐隐的不安，仿佛是在怀疑自己的决定。但父亲实在是一个雷厉风行的人，决定的事情从来没有反悔的余地，学校和住宿都已经为他安排好，阿光出发的时间是三天后。

“你有没有问题？”父亲问。

阿光想了想，最后还是说了一句“没有了”。

阿光走的那天，悄悄地跑到学校的宿舍去找春天。那是一个漆黑的夜晚，月亮若隐若现，他给春天讲了最后一个故事，叫作《夜莺与玫瑰》。春天知道阿光要离开，所以前所未有地认真，几乎可以把每个句子都背下来。故事讲完的时候，春天居然听到一个水滴落到青草上的声音，她忍不住去摸了阿光的脸，他在哭。春天想说些什么的，话到嘴边却只剩下哽咽。

“我等你回来。”春天说。阿光只是点头，却没有回答。

“我等你回来。”怕他没听见，春天又说了一遍。

五、

春天十五岁的时候，妈妈跟她宣布了一个消息：她要再婚，对象是一个法国男人。听到这个消息，春天居然高兴地笑了。妈妈还以为春天得了什么精神疾病，结果当然是没有的。她笑，是因为阿光也在巴黎。

办理好手续，妈妈牵着春天的手上飞机，她的另外一只手里则是紧紧地捏着阿光给她留的法国电话号码，其实这个号码她早就烂熟于心，也打过几次，只是国际电话太贵，每次都没办法多聊。

再一次听到阿光的声音，是春天在巴黎安顿好的一个月后。阿光学业很忙，因为他压缩了课程，目的是想早点回马来西亚。

他们约在蓬皮杜附近的一家咖啡馆，因为那儿离春天住的地方近。春天对巴黎不熟悉，所以提早出门，也提早到了，她不知道那天的阳光有多好，只是感觉肩膀和头顶的帽子被晒得暖暖的，让人觉得舒服。在这样的阳光下，阿光静静地坐到她的身旁，轻轻地叫了一声“春天”。阿光的声音没有变，依旧是那么温柔好听，像个十几岁的少年。

阿光带着他的好朋友一起来见春天，朋友叫小周，华裔法籍，是和阿光一起做项目的好兄弟。春天向着小周点头，小周爽朗的笑声回荡在窄小的街道里。春天觉得阿光有些不一样，以前的阿光，不会有那么要好的兄弟，不会和其他男生一起讲脏话，这种变化让春天有点羡慕。除去这些，阿光对春天的一切都没有变，偶尔还是会念故事给她听。这个时候春天已经十七岁了，她没有继续念书的打算，于是阿光拜托小周帮春天找一份兼职。思前想后，最后小周托了朋友让春天去艺术馆做展览模特，展览的时候，春天只要旁若无人地站上这么一整天就可以，倒很适合她。十七岁的春天其实也有所变化，只是她察觉不到、看不到而已，她的身材变得修长均匀，她的脸不再是婴儿肥，而是有了少女美好的轮廓，她有一双极其好看的丹凤眼，哪怕它看不见。春天真的很好看，小周告诉她。春天虽然看不到小周的表情，但是能听出他的深情款款，春天点头致谢，没有说别的。

阿光和小周的成绩都十分优异，两人打算留在巴黎继续念硕士。阿光的父亲没有反对，只是像个普通老父亲一样问了一些生活上的问题，阿光说自己很好，他的法语已经非常不错，好到可以偶尔翻译一下短篇小说。他知道这些对父亲而言都是浪费时间，就像父亲常说他不要把时间浪费在那个瞎子身上一样。

十八岁生日那天，春天终于鼓起勇气向阿光告白。阿光愣在那里，支支吾吾了半天。春天以为他是想拒绝，其实她不是没想过，阿光当然可以不喜欢自己，因为她毕竟是个瞎子。结果他却说："春天，我要回去了。回槟城。"

"可你的书还没念完啊。"春天紧张地到处摸索，而阿光始终没有向前一步。

"书不念了。"阿光淡淡地说着，很认真，很认真。这次的离别，不像上次那么让他痛苦，反而像一个悬而未决的事情终于尘埃落定，这让春天一度以为他是为了逃避自己才选择回去，可转念一想，自己哪有这么大的能耐去左右一个人的人生。

阿光还是回去了，他走前，小周狠狠地揍了他一拳，他没有还手，小周最后也没能揍下第二拳。

接下来的十年，春天再没有遇见过阿光。

六、

阿光一下飞机就直奔医院，他看到母亲面无血色地躺在那里，脸上却是很欢喜的，因为父亲坐在她身侧，给她削一个怎么也削不好的苹果。

这是她喜欢了快五十年的男人，她从未向任何人说起过，而此刻，所有期盼全部化为他那双不灵巧的手，艰涩地为她干着自己不喜欢的事情。

那一刻，阿光好像明白过来什么似的，在母亲生病期间，他对父亲的态度有所好转，有时候父子俩还会一起去打高尔夫。父亲再一次安排阿光进公司，这一次和以前的锻炼不同，直接安排了他执行副总裁的位置，很多明眼人都看出来了，老板这下是真的要让阿光接班了。

阿光二十八岁的时候，结婚了。对象是父亲朋友的女儿。他们从小就认识，只是阿光那个时候沉默寡言又叛逆，女孩儿对他印象不好，而这次回国，阿光像是变了一个人，知书达理，风度翩翩，让女孩儿顿生爱意，在父母的介绍下两个原本就挺熟悉的人又认识了一遍。阿光的母亲那个时候刚出院，特地穿了一身喜庆的衣衫来撮合他们俩，最后果然没有失望。

婚礼那天阿光喝得大醉，是被人抬着进新房的，新娘不厌其烦地照顾呕吐的他，一整个晚上，她没有抱怨。就像接下来的那些日子，她只是站在阿光的身后看着他，从来不多说一句话。很多人都说他们的婚姻简直是天作之合，也有很多人羡慕阿光能娶到这么漂亮的老婆，却再也没有人提起过那个整天缠着他的瞎子姑娘。只有阿光还会时不时地想起，某一个静谧的夜晚，他跟她告别，默默地流下自己的眼泪。在那之后，阿光再也没哭过，直到现在。从他决定要回马来西亚的时候，他就知道，他不能再去找春天了，否则春天可能就会成为下一个守在空别墅里的憔悴女人，他的春天不适合这样阴冷的地方，他希望，至少她是自由的。

阿光三十六岁的时候，离婚了。这个消息引起了很多人关注，但是他们身边的人倒是一点都不意外。不知道从什么时候开始，阿光每晚都会在一间角落的客房睡觉，他的书房也搬到了客房隔壁。不知道从什么时候开始，他那个善解人意的妻子开始环球旅行，先是一周，再是一个月，然后是一年，这次她想去南非救助动物，要去三年。他们的离婚协议不简单，涉及财产的部分就有数十页，程序却很快，两个人毫不犹豫地签字、握手，像是一对生意伙伴。拟订协议的时候阿光曾经提议把住的房子留给妻子，妻子没要。她从头到尾都不是一个纠结于房子的女人，而这一点，结婚八年，阿光才终于意识到。

七、

离婚后的阿光没有马上投入工作，反而是请了一个月的假，拎着包来到巴黎。那是一个大雪纷飞的夜晚，阿光已经很久都没有感受过这个城市的寒冷。

他没有刻意地去联系谁，却意外地在地铁站里见到了小周。两人见面的时候，小周的表情几乎是扭曲的，最后还是狠狠地抱紧了他。小周成了巴黎的地铁工程师，这是阿光和他以前的志愿，他希望把这里乱七八糟的线路整理得像个样子，虽然做起来和想象中大不一样，但至少小周也算努力了。小周娶了一个漂亮的南法女孩，她的气质让人想起约翰内斯·维米尔的那幅《戴珍珠耳环的少女》。

“我以为……”阿光欲言又止。

“我以为你会娶她的。”阿光终于还是说出了口。

“我试过，失败了。”小周摇摇头。小周曾经向春天求婚，两次。春天都没有答应。

这些年，科技发达，春天借着这个便利看了许多书，中文的、英文的、法文的，最后在小周介绍的艺术馆做起讲解员，盲人的身份反而使她显得与众不同。她的听众里还有很多大学教授，他们邀请她到大学里演讲，春天现在也已经习以为常。

她开始思考终身不嫁这个问题，就像简·奥斯汀那样，心里怀着一个人，垂垂老去，何尝不是一件好事。

她再一次遇到阿光，是在大学讲堂里，她结束了演讲下台，忽然有个人走过来搀扶住她。她对这儿的地形已经十分熟悉，从来没有人会多此一举，然后她就听到了那个依然熟悉的声音。

“春天。”

她吓得抽开了手，阿光又伸手过来拉住她。这下她确定了，眼前的人是阿光。有很多瞬间，春天希望自己是一个看得见的人，她可以用一切去换，而这些瞬间全部是因为阿光。阿光拉着她的手也变得颤抖，那天他们聊了很多很多。接下来的几个月阿光一直都没有回马来西亚，他带着春天四处玩，像两个十几岁的少年，他拉着她的手走到王尔德的墓前，给她念了许多故事，包括春天最喜欢的《夜莺与玫瑰》。

阿光告诉春天，自己的母亲是在他结婚前去世的。他觉得自己有很多事情做得不够好，春天安慰他，拍拍他的头，像小时候那样。

阿光追了春天三年才求婚。这三年里，他在槟城和巴黎两地跑。春天也想过要不要跟他一起回槟城的问题，但是总有放不下的东西。阿光说没关系，他还可以两边跑，他还年轻。

阿光和春天在巴黎结婚的时候，阿光已经三十九岁，春天三十一岁。但是春天一点也不觉得晚。这是她人生最璀璨的时刻，之所以璀璨，是因为有光。

八、

阿光五十岁的时候肺部查出阴影。他工作之后烟酒从不停，早就被医生提醒，但他还是没办法戒掉，最后查出来是恶性肿瘤，他这才觉得怕了。

春天跟着他一起去马来西亚最好的肿瘤医院，没日没夜地陪在他身边，直到手术结束，她才好好地睡了一觉。阿光出院后一直在家里休养，他们没有孩子，所以公司里的事情就交给了侄子他们去处理。春天没有说什么，她这个女主人本来就对这些没兴趣，她只想和阿光在一起。出院后的阿光变得很安静，总是在睡觉，所以春天就给他讲故事，有一些是阿光讲过的，有一些是关于艺术品的奇闻趣事，这让阿光觉得很有趣，但是大多数时间，他都是听着听着就睡着了。一年后阿光癌症复发，这次癌细胞已经扩散到其他部位，医生回天乏术，在医院躺了一个月后，阿光不幸离她而去了。

葬礼上一片哭声，春天听得头昏脑涨，她站着，主持完了整场葬礼，表情肃穆，似乎没有一点悲伤。很多人在下面低声议论，因为眼盲，她的听力变得超于常人，她听见了，却不去反驳。这是她和阿光之间的事情，别人怎么会明白。葬礼结束后她立刻飞回巴黎，做她该做的事情。“春天啊，你回巴黎吧，去做你想做的事情。”这是阿光离开前最后的嘱咐。

九、

我们就这样聊着，咖啡店关门了，我们到街上边走边聊。我看到月光洒在她身上，当下我看到的是一个美丽的女人，她曾经固执地爱着一个人。我们又说了很多这个故事以外的事情，比如巴黎的夜色，还有中国的小说。我搀着她，脚下却没有明确的方向，只是随意地走着，在石板路之上，虚无而浪漫。不知道为什么，我联想起郁达夫先生写过的一篇小说，叫《春风沉醉的晚上》，写的仿佛也是这样一个夏夜，他一个人游走在上海的街道，也是类似的石板路，也是一样的好月色。

终于走到不能再走，地铁也到了末班车的时间，我想送她回去，她却摇了摇头。

“没事，我再走走，我喜欢一个人这样走。”春天说着，向我点了点头，这是一个带着感谢意味的动作，她是想感谢我听了她的故事。我望着她，最后她的背影消失在路灯尽头。

接下来的两年里，我一直试着想把这个故事写下来，但是每次电脑上敲下几个字就会被我狠狠地删掉，因为不对，我写的，总不如她讲的那样好。直到有一天，晚饭后，我一个人走在湘湖边散步，夜风很好，湖光也很好，我在湖边的亭子里看到一对十七八岁穿着校服的少男少女，正借着路灯的光去看一本我看不清内容的书。一瞬间，我仿佛听到有一个很温柔很温柔的声音，他说：“春天，我给你讲个故事，好不好？”

于是，我才写下了这个故事。

圣托里尼

谢谢你没有爱上我

人大多是薄幸的，却也算不上是一件坏事。因为这样，才可以从过去走出来。

高冷的名字真的就叫高冷，也不知道他妈跟他多大仇才给他起的这名字。

高冷个子很高，也许有一米九，总是穿一身酷炫的黑衫，叫人捉摸不透、欲拒还迎。高冷很帅。帅分挺多种，阳光帅、霸道帅、知性帅、勇猛帅，高冷是哥特帅。他应该属于吸血鬼、城堡、中世纪，反正绝对不是空调和办公室的感觉。

我和高冷开始并不太熟，他是小C的朋友，他俩有点青梅竹马的意思，他们的父亲是同一家A股上市公司的股东，常常见面，就认识了。我和小C学的是金融，高冷学视觉传达，没有半毛钱关系；他信仰向死而生，而我信仰红酒牛腩，也没有半毛钱关系。但高冷的故事，却跟我有些关系，就连我会去圣托里尼，也是因为高冷。当时我还在伦敦念书，高冷大学毕业之后直接来欧洲接手了他爸在欧洲的产业。因为地理位置近，我俩成了最近的朋友，他来伦敦肯定会找我，我去希腊玩也会到他那儿蹭吃蹭住。我们有一阵子走得特别近，一起逛街，一起吃饭，还会一起跑去看草间弥生的作品展览。

高冷在圣托里尼岛相中一处餐馆，当时欧洲正值债务危机，已经是风口浪尖的事，这位爷居然有了在希腊开餐馆的想法。几个朋友讨论之下，决定派我去给他上上课。

“你有毛病啊。”我一到他家，就把东西一扔，然后开始对他思想教育。我原本也不算是理智的人，但见着比自己更不靠谱的，总免不了产生莫名的批判心理。

高冷不看我，只顾处理着电脑上的邮件，整整一个下午，我本来准备了一脑袋慷慨激昂的演讲词，却被时间消磨光了。

“饿不饿？”高冷问我的时候已经是六点，我无奈地点点头，跟着他走到附近的一家餐馆。餐馆非常小，只有十平方米的店铺装修也不细致，跟高冷的喜好相差甚远。

我们入座之后，从后面走来一个希腊女孩，她穿着店里的制服，笑嘻嘻地坐到了高冷身边。

他们动作亲昵，不用猜也知道是什么关系，让我不解的是这个女孩本身。女孩儿叫安缇，连个正经名字都没有，更别提正经模样了。她就像这家餐馆一样毫无亮点。

高冷告诉我，他想开餐馆是为了安缇。他希望安缇离开这个小餐馆，去做一些更有前途的事情，比如去管理一家餐馆。

“我每年回来圣托里尼看看餐馆的情况，其余时间，都会交给她管理。”高冷说。

希腊债务危机只是一个开始，欧盟自身存在的问题不会比希腊少。高冷的父亲从一年前开始撤资，现在高家在欧洲的产业已经寥寥无几。高冷跟我说着生意人的事情，他知道我不太懂，但还是一直说着。他总是把我当成《夜访吸血鬼》里的克里斯汀·史莱特，讲各种事情给我听。他说他可能下个月就要离开圣托里尼，所以迫不及待地想为安缇留下些什么东西。他这样急切也许是愧疚，也许是急于脱身。高冷是没法跟安缇在一块儿的，别说结婚了，带她回国都不行，因为高冷是有未婚妻的男人。

我在大学的时候就知道高冷有未婚妻，并且知道那个女孩叫陈琴，家里有点来头。高冷他爸早给他订好了婚事，高冷自己也不反对，毕竟陈琴长得漂亮，人也懂事。我们都见过陈琴，每年高冷过生日她都会出现，像个正宫娘娘一样端坐在高冷身边，不怒自威。

我问高冷："既然你为人着想，那为什么一开始要招惹人家？你明明知道无法善始善终。"

高冷说："你说得好。但有什么用？"

有什么用？如果你知道你开始了一段不理智的感情，那你便该立刻结束它。但问题是，这段感情在你未知的情况下开始了，他甚至找不到起点，又何谈结束？

他说那晚月色正好，照得安缇一头长发特别好看，于是他亲了她。但他的感情并不是从那个吻开始的。具体从什么时候开始，就像之前说的那样，高冷也不知道。

"你俩认识多久了？"我问。

高冷摇了摇头，说："没几天。"

我除了瞠目结舌，也没有别的表情。

高冷刚认识安缇的第一天，安缇在送外卖。她被圣托里尼的日光、海风折腾得皮肤黝黑。高冷喜欢皮肤白皙的女孩，所以看都没多看她一眼。高冷认识安缇的第二天，意外地和她聊了几句，结果越聊越久，逐渐忘记了时间。高冷认识她的第三天，在月光下吻了她，并决定要为她买一个餐馆。高冷说安缇最好的地方是她的一口白牙，笑起来的时候总是像月光一样照进人心扉。当然，还有安缇海一样的眼瞳。

“嗯，就像圣托里尼的月光和爱琴海。”高冷重申了一遍。毕竟那是他最喜欢的笑容和眼睛，所以难免如数家珍。

“你不觉得你很自私吗？”我反问。他沉默不语。他的想法我清楚，无非就是回去结婚，然后每年给自己的婚姻放一个假，来到圣托里尼，见见自己的餐馆和安缇。这是作为一个男人的万全之策。我见过不少这样的男人，也不觉得稀奇，只是没想到高冷也会变成这样一个男人。

如果高冷他爸没有从欧洲撤资，我想高冷可能会留很久。他以前就喜欢希腊，尤其是圣托里尼，蓝白相间，那种分寸感，是他一直追求的。而我呢，对于那块矢量图一般清晰分明的图像，一旦看得久了，就会失去原本的热情。高冷是个长情的人，他有他细腻的感情，这是我一直以来所习惯的高冷。显然，他如今是变了。但我们谁不是在变呢，所以我并没有什么资格这样指责他。

我自知无法规劝高冷，但也不想憋屈自己，于是一个人跑去蓝顶教堂玩。我看到无数情侣在我眼前穿梭而过，他们的笑声那么好听，却跟我没有关系。我已经不记得自己是从什么时候开始思考终身不嫁这件事情。我思量这件事情的可行性，计算它可能发生的偏差。有的时候我也会想，其实终身不嫁并不是一件可以策划的事情。简·奥斯汀当年就肯定没有这样策划过，只是活着活着就老了，碰巧还是一个人罢了。

夕阳西下的时候我还没有回去的意思，高冷怕我出事，就来找我，结果看到我只是在墙根那儿发呆，也是无语了一阵。

高冷过来，陪我坐了一会儿，四周渐渐亮起灯火，天空近在咫尺，银河错落，美不胜收。我有时候会想，人们在这种景色中遇见一个人跟在上海繁华的浦东街头遇见一个人，会不会有什么不一样？假设遇见的是同一个人，机缘巧合，只因为景色不同，多多少少还是会有些不一样吧。所以高冷在这里遇见了安缇，他爱上了；如果他在淮海路遇上安缇，可能就是另一个结局了

“其实，你有没有想过，你可以不用回去？”我说。

高冷莫名其妙地看着我，感觉我像是个天马行空的傻子。

“你有没有想过，其实你可以和安缇在一起，可以留在希腊？你是个成年人了，完全可以有自己的想法。”我对高冷说。这是一个俗到不能再俗的命题，但对于高冷而言，是永远的命题。

他大学毕业被一家 4A 广告公司录取，结果在机场被家人硬生生拦截了回来。家里苦口婆心地劝他，希望他从商，并给他办理了欧洲工签，让他直接到欧洲工作。他没有反对，毕竟他喜欢希腊。

高冷刚和陈琴订婚的时候，办了订婚酒宴，我和小 C 盛装出席，高冷却没来，于是一场酒席不欢而散。这次高冷反抗了。其实那个时候我们都知道高冷有一个女朋友，是他们班的班长，一外地姑娘，脾气性格都不错，高冷曾经放话说要和那女孩儿私奔，

结果高冷他妈当场就哭昏了过去，于是他再也不敢这么闹腾，最后答应了这场婚事。毕竟，陈琴也没有那么坏。

我是个心直口快的人，我一度觉得高冷这样不好，没义气、软弱、妥协。

小C却说：“你如果见过他以前的样子，就不会这样说他。”

高冷以前的样子，是指他上大学以前。高冷患有非常严重的抑郁症、神经性胃炎，现在依旧靠药物进行控制。高中时期，高冷从不跟人说话，他穿着最贵的鞋子和衬衫，却坐在最阴暗的角落。他从来不交作业，一开始老师还批评他，后来也懒得去说他，由他自生自灭。他的胃炎很厉害，疼起来整个人会在地上打滚，由于是神经性的，光靠药物也无法治愈。我也有胃病，但我得病是因为暴饮暴食，这世道，连得个胃病都感觉他比我的金贵一些。

我这个人口无遮拦，几乎是全地球都知道的事情，所以小C担心我哪天乱说话伤了他，希望我注意一些。但越是注意，我越无法好好跟他聊天。有一阵子，我和高冷几乎是不讲话的，别人以为我讨厌他，谁都不知道其中缘由。直到有一天，女生宿舍的开水机坏了，我偷偷去男生宿舍打水，发现他一个人坐在开水间，像着了魔一样看着空无一物的墙壁。

我还是没忍住，主动跟他说了话。他没理我，只是看着墙壁。

那天，高冷和他们班长分手了。班长其实是个聪明的姑娘，早知道这天会来，淡然接受。她逃掉了下午所有的课，有人看到她在实验楼的后面哭，哭了一个下午。

我对高冷说："小 C 不希望我跟你说那些消极的东西，但我还是想说。"

我告诉他，我以前喜欢看 TED，记得有一次安德鲁·所罗门主讲，他说人们总以为抑郁的反义词是快乐，其实在他而言，并不是如此，抑郁的反义词是活力。患上抑郁症的人会渐渐消磨掉自己的锐气，失去对任何事物的兴趣，最终失去对生命的兴趣。在我眼中，此刻的高冷，就在走向那个地方。

"高冷，其实我们都想把你带回来，你只要一伸手，就能摸到我们同样伸出的援手。"我说。幽暗的开水间，我和他两人静静地坐着。那个夜晚也有月光，只是十分微弱，我甚至看不清他的脸孔。

我慢慢地把思绪从大学时代的回忆里抽回。相较之下，圣托里尼的月光实在太过美好。

高冷把我接回家里，安缇点着灯在路口等候我们回来。她冲着我笑，我也回报她的笑容。

我想我能理解高冷喜欢上安缇的原因。安缇总是快乐的，她会一个人坐在店门口吹海风，被路人逗笑，也会在窄小的餐厅里被朋友逗笑。安缇只是单纯容易被逗乐罢了，这样的单纯，是高冷求之不得的，所以他总是向往，总是渴望。一个人会爱上另外一个人，不可能是毫无缘由的，只是你在爱情之中，难以察觉罢了。

我离开圣托里尼之前，和高冷最后谈了一次。这一次，我已经不抱任何说服他的期待。我们聊了一会儿大学时期的荒唐事，在日光下放声大笑。我一直渴望有这样一天，能和高冷一起开怀大笑。我想小C肯定会说我没用，劝个人都劝不住。可我不管他是要买一栋房子给他婚姻的第三者，或是买一个餐馆给他喜欢的女孩，这一切都是他的决定，只要他无怨尤，我就支持。

那天晚上我跟着高冷来到安缇的住所，要跟她正式谈谈餐馆的事情。然而，安缇当着我的面，直接拒绝了餐馆的事情。

我又一次瞠目结舌。安缇没有避讳我，拉着高冷的手，说："我们分开吧。你回家吧。"

高冷怔怔地站在那里，一言不发。生活毕竟不是言情小说，也不是励志电影，有个人要为她在一块毫无投资意义的地方花一笔钱，只为了每年能见上那么一面，怎么听都是一件无比浪漫的事情，是个女孩都很难拒绝他。但是安缇想都没想就拒绝了。

我心底里为安缇的理智与勇敢鼓掌。我想这大概就是所谓的无欲则刚。对于安缇，我知道得还是太少了，可能高冷其实也和我一样，对这个女孩一无所知。

第二天，安缇居然辞掉了餐馆的工作，据说是去了她一直向往的陶艺馆做学徒了。她一直没有跟高冷提起过，毕竟他们认识的时间实在是太短了。

安缇还在圣托里尼岛上，如果要找她，可以很轻松地找到，只是高冷没有去找，我也不好去找。高冷又一次陷入了他的抑郁之中，我看他的眼神就可以知道。但我什么都做不了，只能催促他服下药片。

“阿紫，其实，一直以来都没有人爱我。”他对我说。

我说我不是你，所以我无法判断。我没办法像海德格尔那样去解析生命，我连好好活着都举步维艰。但我会做一件事，不计较付出。我会爱一个人，不讨论未来。这是我会做的事情。

接着，我离开了圣托里尼岛。离开之前，我悄悄去了那家陶艺馆附近，我看着安缇的身影隐没在菲拉的街道里，我没能追上去，只是任由这蓝白的天地把她包裹起来。

关于高冷和圣托里尼的故事到这里应该算是结束了。毕竟我再也没回去过圣托里尼，也再没见过安缇。只是我常常会在夜晚静思：如果高冷留下的不是一个餐馆，而是他的整个人，这个故事的结局会是怎样的？他们会一直在一起吗？

两年后，高冷给我打了一个长途电话，说他要结婚了，不收礼金，但人一定要来。对于高冷这样的家世，我也不知道送多少钱合适。那时我生活不算太如意，一个月四千多块工资，最后我还是送了两千块礼金，混在人群里丢进礼金箱里。我很庆幸这个世界上很多种感情是可以用金钱衡量的，不然我们真的会因为计较不清这些感情而度日如年。

婚礼上，陈琴挽着高冷的手缓步走进教堂，他们互相交换戒指，互相亲吻对方，显得那么美。小C从日本赶回来参加婚礼，哭得鼻涕横飞。我从婚礼上得知，在高冷去希腊的这段时间，陈琴去美国斯坦福大学念了一个心理学硕士回来，现在在一家诊所专门研究抑郁症的疗法。

感谢有她，高冷不会再躲到某个阴冷的角落呆呆地看着一堵墙。虽然他依旧服用抗抑郁的药物，笑容却明显变多了。陈琴经常约我们去他们家院子烧烤，我们都很喜欢她。陈琴真的是一个很好很好的人，好到让人忘记了曾经的那个希腊姑娘。

人大多是薄幸的，却也算不上是一件坏事。因为这样，才可以从过去走出来。

我还是一个人吃饭，一个人逛街，上海举办草间弥生的展览，我也会一个人去。以前的我，有一种不切实际的想法，我想等我们满头银丝的时候，俯身轻声告诉一个人：哎，知道不，其实我也喜欢过你啊！

但我庆幸自己没有说出过这样的话，如果有一件事情要感谢，那应该是——谢谢你没有爱上我。因为你未曾爱过我，所以我能为你解忧，当你爱过的人都一个个离开你的时候，我还可以作为一个朋友，站在你的身边。

只不过我还会记得一些事情，比如蓝顶教堂的月光，和那个开水间里你模糊的脸庞。

柏林

•

九十二岁的少女

她背着吉他，一身皮衣，宛如一个十八九岁的嬉皮少女。

。

一、

我关掉电脑，坐在办公椅上转了一圈，站起来去洗了把脸，没想到那种豆瓣鸡汤似的言论竟然发表在 Airbnb 的评论区，想来老海没有骗我。

我在写一篇关于民宿文章的时候，老海马上跳出来推荐这家给我。他说去德国的时候必定会做两件事。一是去慕尼黑喝黑啤，二是去柏林见索菲。

索菲不是老海的那些女朋友之一，这让我很惊讶。老海这样的情场浪子居然会这么惦记一个人，一个求而不得的女人？于是我在 Airbnb 上找到了索菲的民宿，点击评论，我更确定索菲这个女人不简单。

老海和索菲的相遇要从一个深夜说起。那年老海不开心，请了年假去德国，因为他是度假去的，所以没有住柏林市中心，而是选在了郊区。他选了评价最有趣的一间并申请，因为房源比较紧张，他怕屋主不同意，还写了一大篇的心路历程。老海是做销售的，窥探人心、达到共情效果是他最好的本事，他从来不吝啬几个电话或者是长篇文字，结果老海的废话攻势奏效，他小人得志地去了。

他到柏林的时候是晚上九点，因是郊区，老海到达目的地附近的时候已经是十点半。老海虽然是个五大三粗的男人，却也不敢在柏林街头放肆。一年前，我们俩在意大利的时候曾经遇到过黑社会火拼，虽然很快警察就把平民撤了出来，并没有出事，但回来之后老海偷偷地跟我说他好像尿裤子了。这件事我笑了他一年，往后老海就特别谨慎。老海的手机没电，只能靠地图，这时候他听到机车的声音，一辆宝马K系机车停在他面前，老海开始有点担心自己的尿腺。

他本以为是什么不良青年，结果人家摘下头盔，是一个五官精致的老奶奶，老奶奶用娴熟的英语问老海找什么地方，老海指着地图说找这个地方。老奶奶拿过地图看了一眼，又看了一眼老海，给他指了条路，接着绝尘而去。柏林城里人真会玩，这可能是老海当时最大的感想。

老海根据老奶奶的指示顺利找到民宿，民宿是密码锁，屋主早就把密码发到老海的邮箱。

那晚，老海又惊又累，脱光就睡，第二天起来才打算见见屋主。走到一楼客厅，客厅里果然有人，老海见到是个银发女子的身影，有些熟悉，当她拿着一个杯子转过身来，老海这才发现是昨晚的老奶奶，是她经营着这家小旅馆。老奶奶笑笑，她手里拿的不是咖啡，是一杯黑啤，老海一直以粗犷的男人自居，也从来没试过大清早喝酒。

说到这儿，我才知道，原来老海口中念念不忘的索菲是位九十二岁的老奶奶。老海和索菲打过招呼，又在柔和的晨光里聊到中午，索菲就先出门了。

索菲去参加一个社区慈善募集活动，她背着吉他，一身皮衣，宛如一个十八九岁的嬉皮少女。

老海一边回忆，一边露出十分仰慕的笑容。我坐在老海家的天台上，看着他丰富的面部表情，这时候老海忽然掐灭了他的万宝路，说："阿紫啊，你一定要把索菲的故事写下来，无论发不发表。"

二、

老海在柏林音乐学院的小广场上再次看到索菲的身影，她抱着吉他弹奏，周围的人围坐成一圈，大多都是年轻人。旁边的同学告诉老海，索菲只弹这么一首，她并不是不会别的，只是这首曲子最受人喜爱。

这首曲子从未出现在正式场合，是索菲一个旧友的作品。这儿的学生很多都知道这首歌。

老海很难想象，这个弹吉他、骑机车的老奶奶，有着怎样的过去。

年轻学生朝着老海神秘一笑。

在这所学校知道索菲的人不少，但是知道她过去的人并不多，年轻学生似乎是其中之一，他为此感到扬扬得意。

索菲出生在一个面包房里，她的父亲和母亲都是烘焙师。当时物资紧缺，他们只是烘焙着最日常的面包，生活几乎没有乐趣可言。索菲十二岁正式开始在面包房打工，她并没有抱怨什么，毕竟那个年代，无数和她同龄的人正在流离失所。

她负责送面包到镇上的客人家里，每天的路线都是固定的。对于一个少女而言，这实在是过于乏味。

那天索菲在送面包途中遇见一个男孩。像那时候大多数流浪街头的男孩一样，这个男孩衣衫褴褛，恳求索菲卖给他一个面包，他说他没有带足够的钱，愿意回头支付给她。这话听起来就是十足的谎言，索菲也见过不少这样的乞讨者，但眼前的男孩眼中没有一丝卑微，坚定的眼神也是索菲在那个荒乱的年代不曾见过的。

他想要的只是一个面包。索菲递了过去。

回到家后索菲被母亲责骂了很久，父亲靠在墙角抽烟。但即便是这样，她还是愿意相信那个男孩。最后，索菲被父亲狠狠地揍了一顿。如父母所言，那个男孩再也没回来找她付钱。

索菲十五岁那年夏天，1938年，距离希特勒上台后的五年，《慕尼黑协议》签订。父亲从一个安分守己的劳动者突然变得暴戾无比，没人知道这是怎么了。

母亲很快受不了父亲的暴力，带着她改嫁，当然继父也没好到哪里去。索菲最终忍受不了，辍学离家出走。

她知道从此以后她就是一个人了，但她并没有觉得害怕，反倒觉得自在。在一个挂着星月的夜晚，她流浪到柏林附近的小镇，但运气不是很好，似乎全镇都笼罩在一种阴森恐怖的气氛之中。她听见外面有脚步声，然后有人捂住了她的嘴。

“不想死就闭嘴。”身后的人这样说道。

直到外面脚步声散去，索菲身后的人才松手。索菲回头，见到了少年。

“面包女孩？”少年显得有些高兴。

“我叫卢卡。”少年伸过手，握住了她的手。

卢卡一直管她叫面包女孩，并且惦记着她。当卢卡再次回去找她时，她不在了，面包店也倒闭了。索菲和卢卡一行人在一起，他们也只是流浪的人组织在一起，并没有其他特别目的。

他当时向她要了一个面包，是去给他受伤的朋友，那个朋友现在已经走了。当时那个朋友已经五天没有吃饭，断了一条腿，他想要一个面包。卢卡身上没有钱，但无论如何他都要为他找到面包，哪怕是去抢劫。说罢，卢卡看到索菲担心的眼神，自己的表情也柔和起来，他想说的是，哪怕索菲没有给他面包他也不会抢劫她，他不能抢劫这么可爱的女孩子。

“你们要去哪儿？”索菲问。

“哪儿都不去，我们要待在德意志。”卢卡笑着说。

三、

施普雷河沿岸，长满郁郁葱葱的树，难以想象七十年前这里被炮轰、兵荒马乱。老海看着对岸的老街区，陷入沉思。耳机里播着巴赫的《G弦上的咏叹调》，还真像那么回事。

老海年轻的时候也曾经感叹过生活，那时候他有个很爱的人，但也同宋冬野唱的那样，她是一匹野马，可他的家里没有草原。渐渐地，老海就把自己也变成一匹野马，放手一搏，四海为家。后来，老海交往过许多女孩，他从不骗人，一如以往良师诤友的作风做派，其他全凭感觉缘分。老海说他不骗人是因为自己也不希望被骗，所谓“己所不欲，勿施于人”。他带着这种态度去工作，大获全胜，只是再也没有遇见另外一匹愿意和他一起驰骋草原的野马。所以，他四十二岁高龄至今仍在浪迹天涯，老海所谓的浪迹天涯就是不想那些乱七八糟的，好好活着，顺便看看这个世界。

老海说，我们都缺少那么一个去处，这个去处也并非一定要安定富饶，但是我们知道我们被需要、被寻找。他还没找到这样的一个去处。

老海的柏林一日游结束后回到民宿，索菲炖了一锅汤分给大家。老海说起早上见到她在奏乐，没有打扰，索菲笑着点头。

现在的她，又变得十分娴静。

她本来就不是那种话痨屋主，整天和你聊些有的没的，她有自己的生活，经营这间民宿只是她生活很小的一部分。因为有人喜欢，她坚持了下来，这是一点，另外一点，这是一个朋友的心愿。

索菲的朋友喜欢天蓝色，所以她将这屋子的客厅和走廊都贴上了天蓝色的壁纸，摆设的是白色家具，挂画上都是各色的花朵，院子里种了四个季节的花，所以四季都是花团锦簇。她好像非常喜欢花。

索菲闲来无事，不出门的话就会在门口织毛线，像是织一条围巾，现在是夏天，很少有人会干这个。她好像特别热衷于毛线围巾，在这家民宿很多地方都能见到她的作品。

老海不喜欢织围巾，但他喜欢晒太阳，他搬了把椅子坐在索菲旁边。

“天气可真不错。”老海说。

“可不是嘛。”索菲点点头，继续手上的活儿。她并不是讨厌老海，只是她更愿意花时间在自己的事情上面。

老海喜欢这样的索菲。

四、

卢卡说着异想天开的话，把周围的人都逗笑了。但卢卡真正的梦想是拥有一台机车，属于他自己的机车。

三个月前，索菲加入到这个团体。但她说，至今她都不知道这个团体存在的价值，好像是互助会，互相给予粮食，在这个战争年代可以苟延残喘，偶尔也互相交换消息。

索菲刚刚加入流浪队伍什么都不会，所以她的衣食住行都依赖卢卡，卢卡有一种家长的精神，并不认为她是负担。事实上，这个团体里有不少人都是仰仗着卢卡。

卢卡总说自己欠她一个面包，其实他为她所做的，远远超出一个面包的价值。

他们在小镇里住下，那是一处废弃的公寓楼，卢卡把唯一的床位让给了索菲，虽然有人有异议，可也没持续多久。他们原本就是毫无追求地活着，为了一张床而计较实在说不过去。

索菲并不知道这些人的出身，沦落至此，似乎那些东西也不再重要。卢卡告诉索菲他出生在与捷克斯洛伐克接壤的小镇，那是争端最先波及的地方。他带着几个朋友出逃后，再也没有见过自己的父母。

他们在几个男孩的起哄下，朝着一个外观还算完好的建筑走去。那是一个非常暗的夜晚，路灯坏了一半，整条街道冷冷清清。

索菲不知道要做什么，只是被人拉着，直到听到引擎轰鸣，她才猜到是怎么回事。卢卡把她拉上车，套上头盔。在这个几乎没有月色的夜晚，他们驶出了小镇。其他人没有跟着一起来，因为这辆机车只坐得下两个人。

卢卡放声大笑，索菲从未见过他这么开心。

他们坐在偷来的车上，借着月光狂奔，这是索菲之前不敢想象的。

“我们待在这儿是最后一晚，大家打算去东部。”卢卡说着，索菲只听见耳边狂风呼啸。

他们开了很久，直到索菲觉得呼吸困难，卢卡才停下。他们相视而笑。

索菲意识到他们偷了一辆机车，这车的主人是镇上一个商人的儿子，他们把车停在离自己家非常远的车库，车库蒙上了厚厚的灰尘，长期无人收拾。拥有这些车的少年总是躲躲藏藏，不敢露面，要到晚上才偷偷出现，看一眼自己心爱的车，再偷偷回去。

但那个少年的父母在他身边，这一点已经比他们强上千万倍。

“索菲，你的家人呢？”

“我母亲和继父去柏林投靠亲戚了，我的父亲，谁知道呢，听说卖了面包铺打算离开德意志。你呢？”

“我离开家已经有……三、四、五年了，去年有同乡人告诉我妈妈得病了，现在可能死了吧。”

索菲诧异地看着卢卡，她虽然也离开家，但从未想过这些，而卢卡说得那么淡定，她不知道这是冷漠还是无奈。

“我曾经想回去看她，但最后还是没有。”卢卡笑着摇摇头，他知道自己回去什么都做不了。

索菲感觉得到卢卡心中的悲伤，她看着卢卡，深呼吸几口气。

“卢卡，这真的是你想要的吗？”她指了指机车。

索菲一直都知道，卢卡想要一辆机车，但不仅仅只是一辆机车，他这些年来渴望的，是属于他自己的机车，正大光明、毋庸置疑属于他卢卡的车。卢卡浅蓝的眼睛里显出一丝丝犹豫，他望着索菲，再看看身后的车。

“你说得对，索菲，我明天把它送回去。”卢卡拍了拍索菲的肩膀，他的眼底充满无尽的不舍，这也许是他活了十几年来最珍视的东西，如同索菲所说的，这个却不属于他。

回到他们的大本营，男孩子们得知卢卡要把车退回去，所有人都对索菲怒目而视。卢卡给炉子里添了些柴，让他们闭嘴。

就在他们打算把车还回去的时候，却听到了枪声，那声音来自机车主人的住所。过了不久，那个拥有机车的少年就和他的父母一起被穿着黑色长袍的男人们塞进了车里。

少年和他的父母都是犹太人，抓他们的男人想必是盖世太保。那时候少年们只是听说纳粹建立了集中营准备用来关押犹太人和其他看不惯的家伙，并不知道已经开始。那是 1940 年，奥斯维辛集中营迎来了第一批“客人”。

卢卡见到眼前的情况，知道自己无法把车子还回去。他从车子的储物箱里发现了一张曲谱，正写到一半，他看了看谱子，又看看索菲，决定留下犹太少年的曲谱。卢卡把车子丢到大街上，几个少年见状，开始争抢机车的所有权，为此打得你死我活。卢卡拉起索菲的手，他说这个如同一盘散沙的团体，总有一天会走到尽头。

“去哪里？”索菲问。

“去柏林。找你的家人。”卢卡摸摸她的头发。他已经做了一个觉得后悔的决定，他不希望她也犯错。

五、

老海非常喜欢索菲泡的香橙红茶，一开始觉得味道有些超越理解范围，后来就变得欲罢不能。

“你今天去哪里逛？”索菲问。

“想去勃兰登堡门附近走走。”老海没什么具体打算，只是打算下午出门，走到哪里算哪里。索菲很少会关心他的行程，老海抬头看她，果然，索菲拿出一张 B5 大小的纸给他。

“毕业舞会。”索菲说。

老海听索菲讲，这是那天那个年轻学生给他送的票，年轻学生叫马克西米安，索菲去学吉他的时候认识的。马克话多，人不坏，是八卦界的好手，遇到老海，两个人聊了一个下午，听说老海是索菲的房客，觉得有意思，就让索菲转交这张舞会邀请券。

老海拿到邀请函，觉得意外，他做的是大客户经理，酒会、饭局从来不缺，但他从没有被只有一面之缘的小伙子惦记过，觉得格外新鲜。他不知道自己竟然会为一个舞会高兴成这样。

“你很喜欢舞会嘛。”索菲见老海开心的样子，也不自觉地为他高兴起来。

“是的，非常喜欢。”老海咧开嘴，露出一口白牙。

老海到柏林之前的那年，遇到了一个姑娘。她是个学跳舞的，每天都是天真可爱的模样，让老海觉得自己腐朽不堪。他本来不是那么不自信的人，但和她在一块儿，就变得自卑起来。

老海问她想要什么，她总是说什么都不要。

老海从那个时候开始怕了。

我说，有首歌不就是唱“原来你什么都不想要”吗？没错啊。

老海说，包子你不懂，什么都不想要就是什么都想要，就是贪。

后来老海离开了姑娘，也是实话实说，姑娘哭了一个晚上，第二天离开了居住了十年的城市。他不知道自己的一句实话，能把人伤成这样。

六、

索菲和卢卡到达柏林的时候，索菲的母亲和继父已经搬走了。地址是卢卡托人找到的，应该不会有错，只怪这个敏感的时间，谁都不会乖乖待在家里。特别是最早喊着和柏林共同进退的人，一般早就撤走了。

他们开始寻找索菲家人。卢卡偶尔会拿出那张犹太男孩写到一半的曲谱，继续帮他填上。索菲认为卢卡是个非常神奇的少年，他们差不多年纪，而卢卡会骑机车，还懂音乐。他经常听巴赫的曲子，会感叹那个孤独终老的艺术家，怎么会料到一百年后的今天，德意志会面对如此绝望。相对的，索菲是个没有太多梦想的人。

索菲认为自己是喜欢卢卡的，这是一种非常神奇的感觉，她从未喜欢过别人，但她确定这是她的爱情。索菲之前在面包店工作的时候，也有男生送花给她，但她从未脸红心跳，而卢卡的一举一动都能让她心动。

1942 年的一个夏天，索菲在拆开卢卡带回来的食物的包装的同时，看到一枚银质的戒指滚落下来。她瞪大眼睛看着卢卡，卢卡笑着帮她捡起戒指，套在她的手上。

巧合的是楼上的一户人家的小女孩正在练琴，练的是小步舞曲。

“可以吗？”卢卡问。

索菲笑着点点头。

卢卡握住索菲的手，跳起了久违的舞。

卢卡穿着一件满是破洞的粗布衣服，索菲穿的是一条蓝色裙子，没有绣花。他们住在最老旧的地下室里，面对老鼠横行，在生涩、走音的钢琴声中迈着欢快的步伐。

在遇到卢卡之前，索菲没有什么梦想，她最多只是希望今天不要下雨，这样就能快点送完面包。但现在她觉得自己变得贪心起来，她想和卢卡在一起，一辈子都在一起。

柏林的情势日益紧张，但是底层的人民还是在继续工作。索菲非常幸运地被面包房的奥莉薇姐姐看中，得到了面包房的工作。

奥莉薇姐姐知道索菲在寻找自己的母亲，立刻雇用了她。奥莉薇姐姐也在找人，她的爱人去年来到柏林，但一直杳无音信。她的爱人临走前给她在柏林郊区留了一套屋子，希望她能在那里好好生活，但是她还是愿意留在柏林市区。

奥莉薇姐姐并不喜欢面包房，她的心愿是能够在柏林开一间旅馆，接纳各种各样的客人，无论贫困富有、高矮胖瘦，她希望她的爱人能和她一起经营，无论生意好坏，他们都不要放弃。索菲一直都在面包店做事，从没有想过旅馆的事情，也没想过自己的将来，奥莉薇姐姐和她不一样，她非常有计划，而且每次提起，都会说个不停。

“屋子要漆成淡蓝色的。”

“种上一年四季都开不败的花。”

索菲看着奥莉薇姐姐喋喋不休，觉得这样也不坏。

1945 年柏林沦陷，苏联两百余万人抵达柏林。在炮火的洗礼中，奥莉薇姐姐见到了已经参军的爱人，他们在面包房相聚没多久，那片街区就受到轰炸，索菲和卢卡逃了出来，但奥莉薇和她的爱人待在了面包房里。

索菲来不及看奥莉薇最后一眼。

卢卡拉着索菲的手走了好远，身后传来人们的叫喊声，还有枪声，他们能做的只有不停地往前走。

“我好冷。索菲。非常冷……”

索菲摸到卢卡身上的血，他受伤了。索菲手上没有任何医疗用品，只能为他捂住肩膀上的伤口。

她知道附近有一家医院，可是已经空置了很久。现在轮不到她思前想后，索菲什么都顾不上了。

她拖着卢卡一路走到医院，医院大门紧闭，她把卢卡安置在一个不容易被发现的地方，撕破了自己的裙子，翻墙进去。

虽然她是翻过墙进去了，但这家医院已经被洗劫一空，连一块纱布都没有留下。索菲觉得头晕目眩，眼前发黑，一切都完了，自己被这个世界无情抛弃。

她跪下来，眼泪不住地往下流。

就在这时候，一个小盒子被稳稳地丢在了她的面前。

她抬头，望见走廊里一个女护士的背影。来不及去追那个身影，她急忙打开盒子，看到里面有一些纱布和磺胺粉。

她不知道那个护士为什么要帮助自己，只见她消瘦的背影，消失在走廊尽头。

4 月 30 日，希特勒自杀。

索菲自始至终没有找到自己的母亲。

七、

战后一切都清零重来，对于他们而言也许并不是坏事。

索菲几次回到柏林，想去找奥莉薇姐姐，都是无功而返。她也几次来到那家废弃的医院，一些伤员被安置到这里，进进出出的人群里，没有人见过那个高瘦的护士。

索菲和卢卡休息了一阵子，一切都平安无事。卢卡被打中了肩膀，右侧手臂上方常常觉得冷，因此索菲开始学着打披肩，卢卡非常喜欢索菲打的披肩。索菲开始研究各种花色，后来这成了索菲的一个很大的爱好。

在接下去的十几年里，卢卡没有放弃寻找索菲的家人，但是久久都没有结果。1961 年，卢卡从朋友的口中得到了自己父母的消息，在索菲的支持下只身赶往西德。

到达西德，卢卡才知道母亲因为康复期间没有时间休养，落下了病根，现在走路都非常困难。卢卡走后母亲一直郁郁寡欢，直到卢卡的妹妹诞生，母亲才稍微变得乐观一些。

母亲见到卢卡之后泣不成声，卢卡为自己曾经的决定再次感到深深懊悔。卢卡告诉母亲索菲的事情，母亲听了非常高兴，希望索菲能来和他们一家团聚。

然而似乎上帝总是喜欢捉弄人，同年八月东德政府派出士兵连夜修建柏林墙，几乎是一夜之间，柏林被分成了两半。卢卡旧疾复发，眼看着无数人尝试越过那道墙，自己却无法尝试。妹妹努力为他联系到索菲，两人才勉强通上信。

1989 年，在两边人民强烈的愿望下，柏林墙被正式推倒。这期间，由于种种原因，索菲与卢卡失去了联络。柏林墙被推倒两年后，索菲和卢卡的妹妹才见上面，她把哥哥一直在创作的曲谱交给索菲，说这是哥哥的遗愿。

曲子已经谱好，只是卢卡始终想不到一个合适的名字。他说希望能把这首曲子交给索菲。卢卡的身体一直时好时坏，妹妹嫁人之后家里一度冷清下来，母亲七十岁生日过后，带着笑容离开了人世。妹妹看着卢卡日益憔悴，却什么都做不了。

索菲始终没有嫁人，手上永远戴着一枚被擦得闪亮的银戒指，没有钻石，没有雕花，最平常的款式。索菲年轻的时候每日都努力工作，六十四岁那年攒钱买下了奥莉薇姐姐位于郊区的那处屋子，把它装修成家庭旅馆，细节全部按照奥莉薇姐姐的想法处理。

经营旅馆之后，她开始学弹吉他，两年后从卢卡妹妹手上得到这个谱子。谱子原本是钢琴谱，后来被索菲的朋友改编成了六线谱，在学校引起不小轰动。那时候的她指法在学校里并不算最好的，但是这首曲子，没有人能比她弹得更好。

八、

老海抹了抹眼睛。我不知道他是累了还是哭了。

老海是个非常重感情的人，在那个跳舞的姑娘离开之后，老海连续半年的业绩为零，公司几乎要把他扫地出门，我们劝他出去走走，他就去了德国。回来之后，老海像变了个人似的，接了全公司历史上最大一单业务。老板给他带薪假，让他多去德国走走。

在相当长的一段时间里，我们都不知道老海在德国发生了什么。直到偶然听说那个跳舞的小姑娘在别的城市结了婚，老海才愿意告诉我，他在柏林看了一些东西，发现自己错了。但错了就错了，至少他还活着，没有什么无法挽回。

也只能这么安慰自己。不然呢，难道去死吗？

“舞会呢？”我不知道为什么也觉得鼻头发酸，所以努力转移了话题。

老海抬头，看着繁星闪耀，似乎想到了什么。

老海去柏林度假，没有准备任何参加舞会的衣服。

索菲推荐了一家老街区的裁缝店，里面有不少成衣西装，老海的身材还算挺拔，找到合适的衣服不难。老海选了一套海蓝色的粗呢西装，那套衣服我后来在他的衣柜里见过，细腻优雅，和他平日里霸气侧漏的风格十分不搭。

但他还是选了这件。

在舞会的大厅，马克高兴地朝他走来。

他们的话题总是围绕着索菲展开。老海觉得不坏。

认识索菲那一年，马克刚刚被学长邀请来业余班教吉他，他那时候本来兴趣不大，直到遇见了索菲。索菲是个非常有趣的人，骑着机车来学校，引起了不少人的注意，但她自己没有什么自觉，只是专心做着手上的事情。索菲从这儿的业余班毕业已经有好多年，但她还是偶尔会回来看看，帮帮新来的同学。

有一天索菲拿着谱子来学校，马克见到她有些烦恼，就走上前去询问，这才知道她和卢卡的事情。她拿着谱子不知道该怎么办，马克问她要不要把谱子改成吉他谱试试，索菲的眼中闪过一丝有趣的光。

“我把那曲子改成了吉他谱给她，她很高兴，像个少女一样，脸红扑扑的。”说到这里，马克笑了出来。

最后索菲给这首曲子取了一个名字，叫作《新芽》。马克觉得非常好。对于新芽而言，经历了从泥泽里走出来、不见天日的痛苦，往后的每一天都是新的，是好的。

《新芽》第一天在学校里演奏的时候就引起了很大的反响，

有人把录像传上网，于是陆陆续续有人找索菲买曲子，但索菲没有同意。这是她可爱的私心，她不愿意让太多人听到这首曲子。

马克说他今年要毕业了，别看他这样，其实钢琴弹得不错，可能要去维也纳。想来想去，他最舍不得的是索菲。

说到这里，舞会开始。老海选择做一朵安静的壁花先生，安静地看着眼前的年轻人。那天，索菲穿着一身银白色的礼服，与她银色的头发搭配得恰到好处。她出现在人群之中，大家热情地把她簇拥起来。她像是一颗夜空中闪耀的星星，那么可爱动人。

“可以请你跳舞吗？”马克说。

索菲笑着，点点头。

老海说那天晚上，学生们热情地跳舞，有人笑了，也有人哭了。他发现这些学生都那么干净，没有复杂的思想，他忽然想到一个女孩跟他说“我什么都不想要”的时候，她眼中的清澈。他此生都不再可能拥有她。老海觉得有些失望，靠在大厅的墙上，有人以为他喝醉了，过来问他情况如何，他笑笑摆出一个没事的手势。

他看到远处的舞池里，马克握着索菲的手。这一切看起来非常美好。

老海没有见过卢卡，说来残忍，那个少年甚至没有留下一张照片。但是他仿佛看到了七十年前的柏林，纸醉金迷，夜色正好，少年们齐聚一堂，正在庆祝胜利的到来。

一个少年挽起少女的手，少年穿着一件满是破洞的粗布衣服，少女穿的是一条蓝色裙子，没有绣花。在最老旧的地下室里，在生涩、走音的钢琴声中，两人心怀爱意，翩翩起舞。

没有什么比这更美了。

德
黑
兰

•

渣男左齐

我的坟，将来一定在一个地方，那里，树上的花，将每年两次落在上面。

○

在中国人的圈子里，几乎没有人喜欢左齐，他太老成，不像九五年生人。但又没人讨厌他，因为他熟谙世故，不会得罪人。即便如此，中国女孩还是管他叫渣男左齐，听着像个纪录片的名字。

我跟左齐的这次见面，在伊朗，让我对他的认识大大改观。私下他健谈且知识渊博，可以跟我聊上一整天。他说："哎，怎么没早点跟你聊，那我就把你娶回家了。"

我哂笑，也不晓得他这样的口无遮拦是怎么在伊朗这片肃穆的土地上活到现在的。

我求学期间认识两个伊朗女孩，一个去了美国，一个留在英国。知道我要去德黑兰，两人兴高采烈地介绍了一个朋友，我们互加微信才知道，这人是左齐。我跟左齐早先就认识，我们同校，见过好几次，也一起聚过餐，但交情不太深，所以也没有私下联系过。

左齐是商人的儿子，自己也经商。女孩说，真诚是他的外表，套路是他的本质。渣男左齐，至今如雷贯耳。

左齐的人生，讲真的我不太清楚，他告诉我，他的母亲在他十二岁那年跟别的男人跑了，他父亲正为创业焦头烂额，连生气的工夫都没有。后来左齐十八岁，他母亲另一段婚姻失败，回来求他父亲原谅，父亲同意，左齐却不愿意原谅她。他坚持离开家里去念书，父亲本就希望他能继续深造，立刻同意。

毕业后他不肯回国，反而跟朋友合伙做贸易，公司不大，所以老板处处都要亲力亲为。左齐生来一副花花肠子，把他人生的不幸都一笔带过了。

“哥请你喝酒。”他搂过我的肩，假作亲昵，轻轻在我耳边说。伊朗禁酒，举国不得贩卖含酒精的饮料，但除了穆斯林，几乎都爱饮酒。他们只是在家里喝，不能张扬罢了。轻薄的人大都差不多，嗜酒、揩油，我见怪不怪。以前听陈丹青老师讲，郁特里罗大酒鬼，曾被人架到自己的画展门口，问：“哎，这是谁的展览？”

这点，左齐比郁特里罗好歹强一些。

“怎么想到来德黑兰？”左齐问我。

“刚看了《一次别离》，有点感触，又恰好不忙。”

“就为了一部电影？”

当然不是，好奇积沙成山，电影只是契机。除了电影，这里还有如山的波斯文明，窥视不尽，波斯的诗人才华出众，举世闻名。

“你说话真是，一套一套的。”他说。

“你不也都是套路？”我说。

“既然这样，嫁给我好不好？”

“你比我小。”

“哥大着呢。”

讲来讲去，还是套路。结束这个话题，我俩互相恭维几句，又开始聊天南海北的事情，一眨眼，天色就亮了。同他讲话的时间总过得特别快。

我到德黑兰之后，左齐隔三岔五叫我出去。他说我一个人四处乱走要出事，德黑兰许多地方不能拍照，我这种走到哪里拍到哪里的个性，左右横竖都要被当成间谍。左齐喜欢带我去艺术之家，那是德黑兰的现代艺术中心。展品不算太稀奇，看了一会儿，我们便会回到我的住处或者他的住处，开一瓶酒。

“哥请你喝酒。”他说。

我有胃病，不能多喝，大都是左齐一个人在喝。以前波斯人喜欢酒，无酒不欢，现在的伊朗却禁止贩卖酒，我觉得稀奇，生而为人，应该酣畅淋漓采沙场。酒过三巡，我问他：“伊朗姑娘漂亮，深邃迷人，你怎么没有女朋友？”

他说：“不喜欢，我喜欢平板电脑一样的亚洲脸。跟你似的。”

我笑他品位独特。

左齐反驳说他不是只看脸，他喜欢各式各样的人，在她们身上找到一些他能喜欢上的品质。

“那是什么品质？”我问。

左齐笑着摇摇头：“不告诉你。”

我懒得继续追问。我对他知之甚少，也不在乎。只有在喝醉的时候，他会告诉我一些事情。譬如说，他十五岁的时候因为顽皮从椅子上摔下来，自己一个人拖着伤腿去医院，过了一个月，他爸也压根没察觉到他身上有伤。又譬如，他父母离婚的时候，直接把他折算成预期收益，拟了一份类似期货合同的协议。他说：

“有的时候，我也想知道，我该去哪儿？你说，我该去哪儿？”

他浑浑噩噩地睡去。

哪里都不是归处，所以左齐这些年来总在寻觅一个可以去的地方。他想找个姑娘，建一个家，但他不懂怎么去喜欢，因为他从未被人喜欢。

左齐或许真的是一个渣男，也是一个可怜人。

我在德黑兰的时候并不只跟左齐喝酒，他工作之余就会带我去参观景点。

他说：“你看，这就是自由纪念塔。”

“怎么像只飞蛾。”我说。

“不是飞蛾，是自由。”他纠正我。

我愣了愣。

“人总要有点信仰。”他说。

他谈及信仰的时候总是格外认真，谈完之后，又摆出一副玩世不恭的模样。自由纪念塔是德黑兰的标志性建筑。有一些建筑，比如这座塔，是承载着期冀的，我能感受到此处人民对自由的渴望，所以他们才将它建得那么宏伟。

这天，左齐接了一个中国打来的电话。伊朗和中国差四个多小时，现在我们这儿是深夜，那边就是凌晨。除非是要紧事，谁也不会在这个时间段打电话。本来我俩在喝酒的，结果被这个电话闹得困意全无。

电话那头是左齐他爸，他说左齐的母亲被查出膀胱癌，要左齐回家。左齐接完电话，整个人都是懵的。

“回去看看你妈吧。”我说。

他不语。

他喝了很多酒，我拦不住，只好打电话叫他哥们儿来劝，几个人花了九牛二虎之力才把酒瓶抢下来，却已经空了。那晚，我不太敢看左齐的眼睛，空洞无神。就像鲁达基说的：“如果没了酒，所有的心都要如一片荒漠，困闷而黑暗。”

我和他的哥们儿商量许久，威逼利诱，却始终没有想到一个办法让他回家。

第二天，左齐醒来，在我们面前又猛灌了一口酒。我们来不及阻止，左齐却先开口了。

他对他的哥们儿说：“我要回国了，你们带她四处走走。”

我们几个猛点头，不知道的还以为一屋子的重金属摇滚。我们都知道左齐和家里的矛盾，希望他能找到一个机会缓解，他父母是有亏欠，但也算不上无情。现在他自己能想明白就是最好的事情。

左齐走的那天，我和他的哥们儿一起送他。送到不能再送的时候，有几个大兄弟居然热泪盈眶起来。我没哭，我跟他们不太一样，我对他没有那么深的感情，况且我过几天就回国了，指不定还能碰上。

“我爸说，这次回去就不能再乱跑了。”左齐对着我说。

“你是该回去了。”我捏捏他的脸，就像对我亲弟那样。

“我可能要娶个平板电脑脸的姑娘。”他说，“然后有个正正经经的家。”

“真要这样，我为你高兴。”

我说完，左齐低头看了我一眼，不很久，大约只有几秒钟。他最后什么也没说，转身进了安检。

我们送走左齐之后，几个哥们儿带我去吃饭，一聊之下才晓得，整个德黑兰已经没有我没去过的景点。他们说：“左齐待你可真好，从来没见他带人逛过，居然带着你逛遍了德黑兰。”

他们笑，我也跟着瞎笑。

这天阳光很好，我见到不远处的伊朗人面朝麦加的方向，虔诚地开始礼拜。欧玛尔·海亚姆曾经在酒席上说：“我的坟，将来一定在一个地方，那里，树上的花，将每年两次落在上面。”

后来，有人在他的坟墓边发现了一株梨树和一株桃树，泪湿了满襟。

我回国后一直都没有见过左齐。某天我的女性友人传来一个消息：“你知道吗？渣男左齐要结婚了，不知道谁那么倒霉。”

我没有参与讨论，也不去为他辩驳什么。他结婚那天，我跟着老同学一起去了，如他所言，他娶了一个可爱的平板电脑脸姑娘。我见他不如以前那么活泼，本就早熟的脸更显得憔悴。听说左齐的母亲肚子开刀弄了一个大口子，生活不能自理。他一直陪着，没有半句怨言，好像几十年来的怨气，在一夜之间都被击散，再也寻不到踪影。

婚礼上，左齐喝了很多，但凡是敬酒就干杯，到最后几桌都没人敢向新郎敬酒。我就坐在最后几桌，看着他几乎是被人架着过来的，又被人几乎是架着走去下一桌。

我们喝酒，因为我们生来就会给自己找乐子，喝酒是我们寻觅到的一个良方。觉得无处可去的时候，我们便会浸淫在酒里，醒来后，这广袤无垠的天地，都是我们的去处。

我们生来就会给自己找乐子。所以，我们的心不会变成一片困闷而黑暗的荒漠。

布法罗

•

鸡翅膀和好天气

有没有人，以朋友的身份爱着另一个人？

。

一、

有天我在营销号里看到一个台湾国际电话的广告，其间一个女孩用平和的语气同电话对面不会中文的男性友人告白，男生听不懂她在说什么，有些慌乱无措，画面戛然而止。这个广告的主题是：你会不会以朋友的身份爱着一个人？

我会，也爱过。这是种比无疾而终还要来得叫人丧气的感觉，最终也没能坚持太久。关于这个问题，我认识一个人，那是一个我在布法罗遇见的漂亮女孩儿，她倒是最适合来回答这个听起来有些残忍又壮烈的问题。

布法罗，其实没有它的中文名字听起来那么美，它的意思是水牛城，而且特产是水牛城超级美味烤鸡翅膀。布法罗有一家远近闻名的鸡翅店，远甩麦当劳、Dunkin'Donuts、赛百味十几条街。我和卢秋天就在那儿认识。

我喜欢靠墙面窗的座位，卢秋天来给我点单，她看到我和我手上的笔记本，竟然笑了。

卢秋天说很久以前也有一个像我一样的人，坐在这个位置，一坐就是好几个小时，他会拿出一本空白本儿写写画画，俨然是一个“鸡翅膀狂热症患者”。

我可能也属于这种病的患者，吃着鸡翅膀的时候，常常能想出绝妙的点子。

卢秋天说那是一个十月，她呆呆地坐在靠椅上，看着人来人往，觉得自己有些扎眼。

这天她刚结束上午的工作，穿了一身大红色礼服，呆呆地坐在城市一角。路过的中东哥们儿不断地朝她挥手、吹口哨，她置若罔闻地啃了一口手上的巨无霸，对于这些，她早就见怪不怪。

上午她在学校帮几个学长学姐拍微电影，这也是她偶尔为之的打工项目之一。

学生项目本来就是非营利的，她能拿到一份最低时薪已经算是十分不错了，更何况卢秋天认为在华人里面自己长得肯定不算漂亮，找她帮忙的同学也不容易。

卢秋天顶着一双丹凤眼，细长又不算太小，看起来总是俏皮可爱，也因为这个，她常被警察叔叔要求检查驾照。事实上卢秋天已经二十岁，她没有念大学，忙着工作养活自己，只是闲来无事还会惦记着她从小至今的梦想——插画家，为此卢秋天参加了一个艺术学校的培训班，学费不便宜。

她匆匆忙忙跑回店里交班，却在这个位置上看到了一个人，一个她关注了十年、却不知道她存在的人。

唐云看到她穿着一身大红礼服风尘仆仆地赶来，多多少少投来不解的目光。她发现自己正在被唐云关注，吓得摔了一跤。唐云见状赶紧跑来扶起她，卢秋天却是一句话都说不出来了。

“他和别人不一样。”卢秋天说着，抽开椅子在我身边坐下来。

二、

唐云十五岁出道，担任过多个大型游戏的人物、背景设定，是一线的游戏ＣＧ画家、插画家，在卢秋天眼中是自带圣光的大神。美国是个神人辈出的地方，我对此并不感到意外，但我也不是不能想象，譬如我喜欢的乐队成员现在就在我面前出现，这样的兴奋之情。

店员知道唐云是卢秋天的偶像，就把点餐的机会留给了她，她已经换了一身工作服出来，衬衫、短裙、围裙把她衬得玲珑有致。

“你认识我？”唐云浅笑。何止认识，十年了，她喜欢他可是有十年了。卢秋天不敢说出这种话，因为她从唐云的访谈里知道他个性低调，没什么脾气，也不喜欢被人打扰。

“能不能请你帮个忙，我要十点半才来拿。”说这话的时候，唐云有点不好意思。他今天晚上有点事情要出去，他知道这家店十点关门，关门之后就是清扫时间，而他住的地方也在外卖范围之外，所以只能自己来取。

“可以可以。”卢秋天连忙点头。

“谢谢你。”唐云把一张一百刀放在她面前，放完就走，剩下的，显然是给她的小费。百分之三十的小费，卢秋天还是第一次拿到。但其实也就多了几块钱，更多的是卢秋天心中那难以自制的喜悦。

“是唐云，唐云啊，你敢相信吗？”她已经忍不住给几个插画班同学发去短信，回复过来的皆是诧异或惊喜的颜文字。

几个店员看她这样魂不守舍，就开始怂恿她，什么遇到喜欢的人就追啊，什么那个男的还不错。

在卢秋天眼里大神是神圣不可侵犯的，他是一个脱离了低级趣味的人，所以这些个玩笑她也没有认真回复。于是大半天过去，关门打烊，卢秋天捧着一盒鸡翅膀，像是捧着什么传家宝。

下班后虽然只需要等半个小时，但是店里的人都走光了，只留下她一个。她在昏暗的灯火下等唐云，他果然如约而来。唐云显得很难为情，也不想再耽搁她的时间，于是没有多聊就带着盒子走了。

唐云走后，意外地下起了瓢泼大雨。卢秋天发现店里的公共伞不知被谁拿走了，顿时觉得自己也真不容易，然而她没多想，举着领子跑回家，第二天，不出意外地感冒了。

唐云依旧选了那个靠墙面窗的位置坐下，看见卢秋天戴着个口罩立刻联想到昨晚的暴雨。他立刻跟她道歉，卢秋天则是一点都没有责怪他的意思。

再隔天，唐云带了一个小盒子过来，说是送给卢秋天的慰问礼物。

卢秋天眼睛发光，随口说了一声“谢谢”就不客气地拆了包装，不想里面却是一盒年轻女孩用的雅诗兰黛彩妆。卢秋天没忍住噘起嘴，比起化妆品，她更想要唐云的签名画集啊。

卢秋天以为自己和唐云的交集就此而已，她倒也心满意足。

但唐云自己都有点不好意思，因为他送这份小礼物其实也是有所求的。

“小姑娘，你愿意做兼职吗？”唐云问。

卢秋天有些诧异地看着他。唐云说其实他缺个整理东西、打扫卫生的人，他愿意出一小时三十刀。说白了，他就是想找个小保姆，但是小保姆一小时三十刀的价格也实在是有点夸张。

卢秋天不置可否。虽然她工作涉猎范围是比一般人广，但做小保姆还是头一次。唐云需要她每周一三五的下午到他家打扫整理，也愿意给她足够时间考虑。

“可为什么是我？”心里如此想着，卢秋天却问不出口，她生怕唐云嫌她啰唆大手一挥就当没这回事儿了。不说唐云这个人如何如何，光是他开的价格就已经很是诱人。

三、

卢秋天答应了。

眼前的人是唐云，她要到他家里去。朋友劝她可别被骗了，虽然唐云这个人从没有什么负面新闻，但人心隔肚皮。卢秋天社会阅历不少，也常看 POI、汉尼拔什么的，还不至于自己吓自己。

卢秋天按唐云给的地址来到他家，这才发现他给的这个价格其实不算太过分，他的住所是跃层式的，地方大，并且已经被他摊得没有空位走路。即便如此，她还是兴奋得上蹿下跳，寻找着这个屋子里关于大神的一切。

“我搬来也只不过一年。”唐云看出她的心思，觉得有点抱歉，而且他还没有在这个屋子里作过画，恐怕卢秋天是要失望了。

这个房子是经纪人帮忙租的，布法罗虽然是大城市，房价却远远低于纽约，所以就大手大脚地租了这儿。一年前唐云的助理林月婷离开了唐云，他从此就没有再工作过。倒不是说唐云离开了助理就没法工作，所谓的助理其实也只是帮忙收拾整理，工作其实都是唐云独自完成的，他这一年的空白期，只因为林月婷走的时候拿笔刀捅伤了唐云的右手。

唐云没有起诉林月婷，她本来就为了留在美国煞费苦心，要是有这个污点，就只能卷铺盖回家。

唐云无比淡定地讲完这段隐情，包括卢秋天在内，知道真相的人也不超过十个。唐云的右手还在恢复阶段，他平时多用左手倒也看不太出来右手的伤情，只是不能用力，也不好操劳，自己又十分讨厌家务，所以他急需一个人来帮他打扫，而且这个人最好嘴巴紧、人品好。唐云看向卢秋天，他是个属灵的人，更愿意相信神的安排，就在他寻觅这样一个人的时候，神将这个小姑娘推到他跟前，所以他也毫不含糊。

“除了基本薪水，其他估计也给不了你什么，我的右手不知道什么时候能好，公司的合约却快到期了。”唐云说。一字一句都是实话。

“我……我……”卢秋天反而有些不安起来。

“你别紧张，我叫你来不是让你帮我画画的。”

她也得有这个技术啊，卢秋天看着唐云打趣的眼神，心情也舒缓下来。她明白唐云苦口婆心说了一大堆无非就是希望她能留下来帮他做事，可这本来就不是一个问题。既来之则安之，卢秋天挽起袖子。

“从哪儿开始？”

“你随意。”

唐云显得很高兴，于是就这样，卢秋天开始了人生第一次做小保姆的工作。一旦开始，工作量也并没有那么夸张，卢秋天还能抽出点时间帮唐云做个饭，倒也帮忙解决了唐云大神的膳食平衡问题。

唐云虽然是个病人，却不是经常在家里待着。卢秋天经常一个人，一边做事一边看电视也是被唐云批准的。

有天透过猫眼发现门外站着一个职业装打扮的男人，卢秋天细细打量，开了门。唐云交代过这个人有可能来找他，让他进来就好。

“唐云呢？”男人大步流星地走进来，看着卢秋天说。

“出去了。”卢秋天招呼人坐下，却也不知道该说什么。

男人不算太心急，他没有打电话催，这次来主要还是想看看唐云的状态。卢秋天知道这个男人叫阿金，是唐云的经纪人，马来西亚人，在这个圈子摸爬滚打也有十几年，就算唐云不吩咐卢秋天也认得。

阿金环视四周，房子倒是收拾一新，只是工作台前还是惨淡一片。

“他还没开始画？”阿金问。

卢秋天摇摇头。

“你知道月婷的事情了？”阿金又问。他管林月婷叫月婷，看起来关系不差。

卢秋天点点头，接着又好像觉得不太对，又摇摇头，毕竟只是听唐云提起一下，也不能算是完全知道。

阿金叹了口气，跟卢秋天随便唠了几句，发现唐云的眼光不差，这个姑娘确实人品没的说。阿金也好久没跟人谈起过林月婷的事情，一看到卢秋天就絮絮叨叨地开始讲述他的心事。

阿金很内疚。因为林月婷是他介绍给唐云的。

他一开始想着只是整理打扫工作，林月婷应该能胜任，却也没料到她一做就是三年，把她的大学青春都用在了这个上面。毕业后，林月婷没有学生签证，也没有工作签证，最后为了绿卡和一个开餐馆的福建男人结了婚，后来婚姻不是很美满，整天患得患失，唐云好心劝她回家休息，她却以为连唐云都要抛弃她，最后拿桌上的笔刀刺伤了唐云的手。

“小姑娘，你可千万别喜欢上他。”阿金紧张地看着卢秋天。

卢秋天一口水差点喷到阿金脸上，这茬又是从何谈起？

四、

唐云总喜欢叫她小姑娘，其实秋天并不小，她二十岁，唐云二十四，两人也不过只差四岁，但除了年龄，其他的就真的天差地别。唐云大神的一切都让她膜拜不已，同时她也不明白，唐云是靠着双手吃饭的，林月婷是得有多恨他，才能下得了这个手？

因为知道了这件事，卢秋天总是不经意间就会注视唐云的右手。

“手可能一时半会好不了。”唐云意识到卢秋天的视线，说。

卢秋天有些尴尬。

“大神，你好好养病，整理东西什么的我可以免费帮你。”不知道从哪天开始，卢秋天对唐云的称谓开始变幻莫测，有的时候叫老板，有的时候叫唐先生，有的时候直接叫唐云，但是无论哪个都不及“大神”这个称呼来得亲切，毕竟她在心中已经叫了十年，比叫自己的名字还顺耳。唐云一开始不是很适应，后来也渐渐习惯了。唐云笑了，也亏卢秋天拿着卖白菜的钱操着卖白粉的心，其实哪怕他不工作，支付这些钱还是绰绰有余的，只是唐云是个工作狂，没有了工作等于没有了生命一样，每天活得死气沉沉。

他不工作，手只是其中一个原因。另一个原因，唐云自己都不想承认。卢秋天也不敢问起。

这期间唐云也稍微解释了一下为什么会找上卢秋天的原因。

其实特别简单，唐云曾经在朋友的画室见过卢秋天，朋友知道唐云要是现身，这帮学生肯定会不淡定，求着要签名合影，于是就没有让他出来。他临走前把那个班学生的作品都看了一遍，对卢秋天印象不错。

“画得确实不怎么样。但是有新意。”大神无情地点评着。其实卢秋天也一直想伺机找大神帮忙看看自己的画，可她还没做好心理准备就来这么一下，实在有点承受不住，一个下午浑浑噩噩，无法专心。又偏偏是那个下午，唐云出门去了，卢秋天一个人待在家里，听到门铃响。

她以为是阿金，可猫眼里显现的是一个素未谋面的女人。

卢秋天不敢放她进来。她却也不闹，只是说她叫林月婷。卢秋天有些震惊，但还是不敢开门。

最后林月婷打通了唐云的电话，唐云亲自回来开的门。

卢秋天觉得自己是有些多管闲事，唐云却拍拍她的头，说她做得很好。

唐云和林月婷两人走到小客厅，把门关了起来，卢秋天去厨房泡了咖啡敲门送进去，自己也发现再待下去就有些不识趣了，于是提前离开了唐云的公寓。

离开的路上卢秋天不禁回想起林月婷的模样，她的脸实在平凡无奇，又清汤寡水的，个子也不算高，就是有一双修长的腿。卢秋天看了一眼自己的小短腿，顿时心里很不是滋味。

五、

我听着她缓缓地讲着，直到日暮，终于她也讲得有些累了，店里也迎来了吃晚饭的客人。

“你去忙吧。”我说。我并不是想打发她走，我也很想听完她的故事，却又不想打扰她工作。

十四年了。加上卢秋天认识唐云开始也有四年，之前憧憬他的十年，加起来一共十四年。我为她细细算着。今年我听说刘镇伟要重拍《大话西游》，觉得很担心，哪怕是原班人马，时间却也是不可回头的，十年前的是一场欢喜的期待，十年后的可能是一记响亮的耳光。

第二天，我又像往常一样地坐到那个位置，卢秋天也同样地给我递了一杯水过来。

“你来了？”

“来了。”

我们像老熟人那样互相打招呼。

这次她没有直接坐在我的身边，而是飞快地游走在几桌客人之间，帮他们点完餐，又聊了会儿，才走到我这边。

“他们都是我插画班的同学。”卢秋天说。

我顺着她的视线看去，一群可爱的小年轻向我打招呼，朝气蓬勃可能就是这么回事。

卢秋天拉了拉她的小围裙，继续讲她的故事。

她帮唐云整理房间、做饭，大部分的时间还是会在店里，她没想到自己会在店里遇见林月婷。林月婷看到她，也有些惊讶。

“你不是唐云的助理吗？”林月婷狐疑地问。

“我主职是这儿，那边只是暂时帮帮忙。”卢秋天十分准确地定位她的两份工作。林月婷有些恍惚，卢秋天也看出来了，却不知道原因。

林月婷在纽约大学念插画系，成绩不上不下。她开始做唐云助理的时候还有些心高气傲，觉得是屈才，可后来她也不知怎么的，就做了下来。当她意识到自己的处境的时候，她的学生签证已经快到期了，可她不想离开，也没办法立刻找到能给工签的工作，于是她开始害怕。唐人街有一家她常光顾的饭店，老板是个二十八岁的福建男人，他看到她的慌张，提出了他的建议——嫁给他，那不就全解决了。唐云对林月婷的想法有些不能理解，因为对于他而言，要找一个给工签的工作实在是易如反掌，不至于沦落到要出卖自己的婚姻。听完唐云的话，她的心凉了半截，转身就同意了福建男人的结婚请求。

那天林月婷找到唐云，是来告诉他自己离婚了，打算回国。过去的种种她不想认错，也无歉可道。

卢秋天不知道林月婷为什么要告诉她这些，只是默默地听她讲完。

“我想打包一份鸡翅。”林月婷说。

“马上来。”卢秋天醒过神来，朝着厨房走去。

这天，卢秋天发现了一个叫人有些难过的秘密——林月婷是喜欢唐云的。她之所以会愤怒、会攻击，完全是因为她喜欢着唐云，而唐云却看着她嫁给了一个不爱的人。其实卢秋天并不是完全不懂阿金之前那句话的意思。阿金警告她不能爱上唐云，因为他是她工作的主人，他是她的大神，是用来膜拜的。

六、

林月婷走后，唐云的手一点点好起来，阿金知道他没办法完成签约画家的工作量，于是帮他解约，顺手接了一些零碎的活儿。基于十几年的交情，阿金还是不想让唐云这个名字就此消失。

看着阿金发来的电子邮件，唐云怔怔地坐了好久，倒不是说他发来的要求有多难，只是他已经一年多没有动手，不知从何开始构思。

“大神，咱们去取个景吧。”卢秋天建议，唐云也没有反对。

唐云和卢秋天开车到尼亚加拉大瀑布，这儿并不是只有瀑布，而是一个很大的森林公园，人是很多的，密度却一点儿都不大。

唐云来过几次，卢秋天则是和朋友来了不知有多少次了，买好船票打算直接坐船去瀑布最近的地方。随着船越来越近，海鸟和彩虹相继出现，十分壮丽宏伟。唐云掏出本子，开始飞快地作画。

船身不稳，本子肯定会被打湿，可只是取材，就算坏了也没什么要紧的。

从尼亚加拉瀑布回来后，卢秋天带着唐云到店里，点了一大份鸡翅膀。

“我请你的。”

唐云立刻露出了一脸“有友如斯，夫复何求”的表情。

“鸡翅膀狂热症”，这其实是卢秋天和几个店员的玩笑话，当然这个世界上是没有这个病的，只是他们常常遇到焦躁的客人，着急地等着鸡翅出炉，才突发奇想这么命名。如果真的有这个病，唐云的病症算是叹为观止，明明米其林餐厅去得也不少，就是像个小孩儿一样痴迷着鸡翅膀。

卢秋天是知道原因的。她很小的时候就从月刊上了解到唐云的过去，他父母把他生下来以后就寄养在亲戚家里，小时候亲戚待他不好，吃的都是剩菜剩饭，麦当劳最便宜的翅根都不会给他买，他当时最羡慕的就是外面小孩视为垃圾食品的鸡翅。十岁开始，唐云就不断参加各种绘画比赛，十五岁的时候已经被大公司看中，做出了第一批商业图稿，后来一日千里地成长着。唐云对自己的过去没有保留，他知道父母不会再来接他，而亲戚也没意识到他原来是那么大一棵摇钱树，见到他能赚点钱了就赶紧把他扫地出门了。

就像菲茨杰拉德的“了不起的盖茨比”，因为对过去未完成的心愿有所执着，所以哪怕十几年过去了，这种执着的心还是不会改变。这叫未被实现的愿望的诅咒。

卢秋天没有把对林月婷的猜测告诉唐云，这应该也没什么必要，一个人喜欢你，再偷着藏着，你也不会不知道。

她觉得现在最要紧的是帮大神重新进入状态，她开始帮唐云打理“推特”。他本人对这些东西不来电，所以长期由阿金在管，但是现在总不好再麻烦人家，于是卢秋天主动请缨。

“大神，你说我们放点你工作时候的照片好不好？”

“那你可别拍我脸。”唐云紧锁眉头，随手拿了一本杂志挡脸。

唐云的脸算是好看的，五官精致，轮廓分明，在美国这种强调个性的审美观下，就算当个产品代言人也不成问题。问题是，哪怕是大神，工作的时候也不会像出席公众场合那样刻意打扮，大多数时间都是胡子拉碴的，有的时候连牙都没刷就趴工作台上苦干。

卢秋天退而求其次，只好拍他的手。唐云的手也漂亮，男人的手关节总是比女人要明显一些，除了这些，他的手指纤长，指甲修剪干净，毛孔也不明显，简直是好看极了。

卢秋天熟练地运营着“推特”，时不时地发一些唐云的现状，语言幽默，有理有据，很快唐云“推特”的关注人数从几千变成几万，一些个欧美明星也不过如此。

唐云自己对这些事情毫不知情，只是一心画画。他的状态越来越好了，卢秋天很欣慰。

一天，阿金兴致勃勃地来找唐云，拿了份合同拍在桌上。

“加拿大那边的游戏公司。”阿金说，“条件开得实在不错。而且自由。”

阿金显得得意扬扬，合同内容全是他这个职业经纪人谈下来的，自然全是最好的条件。唐云随便翻看了几页，觉得问题不大，现在也确实到了复出的时候。虽然说对方条件开得自由，可毕竟是全职的工作，整天加拿大、美国两地跑是不可能的，何况公司也愿意出钱给唐云到加拿大租房子。

“你呢，小秋天，要一起去加拿大吗？”阿金忽然问道。他不是不知道，这两年来唐云能恢复，卢秋天功不可没。阿金虽然也有自己担心的事情，但如果可以，阿金还是希望卢秋天能一直帮着唐云。

“我不想去。”卢秋天说道。

两个男人看着她，阿金瞪大眼睛，张大嘴巴，而她没有丝毫要改口的意思。

七、

唐云跟着阿金一起搬去了加拿大，这儿的房子又挂上牌子，等待下一个租客。搬家那天卢秋天主动去帮忙，东西虽然不多，可都是容易弄坏的画，所以得十分小心。

这次他其实没有搬得很远，公司让他随便选住址，唐云选了瀑布边上，顺着公路一直开就到了。他作为创意总监和第一画师参与到一个大型游戏的工作中去。

卢秋天回到店里继续工作，大家都觉得有些不可思议，她的大神可是从她眼皮底下搬走了，就算不哭不闹，偶尔发发脾气也是可以有的，他们没想到卢秋天一如既往地生活、上班、去插画班。

“他们怎么会知道呢？”卢秋天一声叹息。

她一直都知道唐云的那个无法说出口的秘密。

唐云手受伤的那段时间常常外出，他不是去复健，而是跑去纽约唐人街的一个中餐厅。林月婷结婚之后再也没画过画，偶尔会在餐厅帮忙，他们很少会碰见，林月婷也只当是巧合。其实唐云没事儿就会开半天的车到纽约，然后一个下午都泡在纽约街头。因为家里有卢秋天照看，他倒是一点都不担心。

有的时候唐云会点开一个简陋的网页，是一个学生插画家自己做的，里面主要就是放一些作品，供大公司挑选。卢秋天看到网站的名字就知道那是林月婷的网站，已经有好几年没有更新了，域名买的时间比较长，所以现在还能浏览。

唐云复出后画的第一个人物设定，是个长头发的女孩子，虽然因为是游戏，还加了炫目的修饰，但也不能不让她联想到那张寡淡的脸，林月婷的脸。

唐云正式打算重新开始工作，也是在林月婷和他聊完之后。具体他们聊了什么，卢秋天并不知情，但是林月婷走后，唐云的眼神里有了一些细小的光芒，是这些年以来卢秋天最为熟悉的东西。那个时候她就知道大神要回来了。

他们的爱情本来是可以更加纯粹的。卢秋天想。

今年卢秋天二十四岁，生日的时候收到加拿大寄来的包裹，里面是一本签名画集，还有一张漫展的门票。

她开车到漫展门口，人头攒动。漫展的重头戏之一就是几款网游的发布，唐云跟一群主创人员在台上接受采访，台下已经人满为患，所有人的焦点都放在唐云这次的华丽回归上。唐云拿起话筒，镁光灯下的他从容不迫。

于是，在那个烈日炎炎的八月，唐云又重回到了他的巅峰时代。

“你去哪儿了？”

卢秋天想起看手机的时候，唐云整整发了十八条消息过来。漫展结束，她早早地回到了布法罗，店里还有一堆事情要做。唐云又好气又想笑，他给她寄去门票，可不是让她看完就走的。唐云和阿金还是希望卢秋天能回到他们身边，她不想做小保姆也完全没有问题，跟着他帮他打理“推特”也挺好。卢秋天要是愿意，还可以试着去画画，唐云这样的大神，总不会让她吃亏。

“小秋天，你到底去哪儿了？”阿金的声音从电话另一端传来。

“我在这儿呢。”卢秋天笑着说，“我在你们对面，布法罗，你隔着瀑布就能看见我。”

那可是尼亚加拉大瀑布啊少女，又不是小水沟，人家怎么可能看到你？卢秋天自己也知道，就算踮碎了脚尖也是看不到的，就像她，身在此处，无论如何都不可能挨到大神身边那样。可人不是因为能看到才瞭望，也不是为了有结果才付出。

八、

我忽然想起《春光乍泄》里也有一条瀑布，那是伊瓜苏大瀑布，梁朝伟一个人在那儿伫立独白：“我终于还是来到了阿苏里，看到了瀑布，然而心中还是有遗憾，因为我总觉得，那样的瀑布下面，应该是站着两个人。”

我曾经以为卢秋天的故事，也将是一个老死不相往来的故事，结果当然不是的。

唐云去了加拿大。卢秋天选择回到布法罗，只隔了一个尼亚加拉大瀑布，但她没有去找他。她选择在离他最近的地方生活。但这不影响他俩的革命友谊，她想见他的时候，就从美国跑到加拿大，自己买票去看漫展，在人群里看他一眼。

卢秋天说，自己还是没能守住和阿金的约定，不由自主地喜欢上了唐云。如果可以，她也希望能和他比肩看尼亚加拉大瀑布的彩虹飞鸟。但是这样的想法很快就一闪而过，因为每每想起这样的画面，她总是无法代入自己，而是自然而然地把唐云身边的人当作是林月婷。

回到上面那个问题。有没有人，以朋友的身份爱着另一个人？是有的，更为壮烈的是，她以崇拜的名义喜欢着他，所以撑死也只不过是一个脑残粉。

结束了和我的絮叨，时间已经到了下午，阳光洒进落地窗，卢秋天利索地收拾完我这桌，又赶忙跑去其他几桌整理。卢秋天自己并没有察觉，其实她是一个很漂亮的女孩子，不光是容貌，还有一种让人喜欢的气质，她就像是一簇软绵绵的满天星，没有多么娇艳欲滴，可放在哪里都让人觉得舒服。任何一个男孩子都会喜欢她这样的姑娘吧，我想。

这时候她的电话响了，卢秋天接起电话，走到窗边，看着远处，没多问候，说："我这儿晴着呢，你那边是不是好天气？"

新加坡

•

阿雪

他告诉我，他依旧爱他的妻子，但他同时也爱着我。

◦

一、

有一年，因为读硕士时的新加坡同学结婚，我受邀去了新加坡，刚下飞机我立刻意识到自己可能不会太喜欢这个国家，因为太热，太热，太热。

我的新加坡同学和我一样都算是小胖子，她笑嘻嘻地接我回酒店，而我呢，已经迫不及待地想看她穿婚纱的样子。在这样潮湿闷热的空气里，拖着好几公斤的裙子在大街上走路，会是一种怎么样的体验？就这样在新加坡待了一周，在同学的婚礼上，我看到一个穿着灰色西装，胸口别着花的男人，他就一个人坐着，身边也没有人接近。

“他是谁啊？”我悄悄地问同学，她很机灵，一下子就明白我说的是谁。

“他是我老板。”同学说着，男人就缓步朝我们走来。不知道为什么，我和同学都不禁站直了身子，生怕他要训话似的。我看着同学和他说了几句话，没太在意听，精神有些涣散，却忽然一下被她挽住胳膊。

“这是我同学，她是中国人，要不要问问她？”同学把我一把推到男人面前，我手忙脚乱一时间说不出话。

“阿紫，你回去了之后能不能帮我们找个人？一个中国人，她叫卢晓鸥。”同学对我说，又想起什么似的补充道，“也可能叫阿雪。”

“找人？可以啊。但你知道，中国那么大，叫我在杭州找个人我都不一定能碰上。”我有些担心，这种任务我可一点儿都不擅长。

“不用。”男人说着，转身走了。

我和同学望着他的背影，最后什么都没说。直到婚礼结束后的第三天，我和同学一起去克拉码头看夜景，才想起这么回事。

“跟我说说吧，那个叫阿雪的女孩儿。”我说。

同学愣了愣，她跟我一样都忘性大，终于还是想起了这件事。她没有说话，随即看了一圈周围，然后指着远处一栋高高的大楼，说：“她以前就住在那儿。”

我朝着她指的方向看去，整栋大楼都是灯火通明，唯独一间房暗着，天空中星辉寥寥，配着这间全暗的屋子，显得格外寂静。

二、

卢晓鸥不太喜欢自己的隔壁邻居。他总在深夜里唱那些个烂透了的英文情歌，新加坡英文又混着泰国调调。后来那个人搬走了，卢晓鸥又开始怀念他那沙哑的嗓音唱着的无聊的情歌。

卢晓鸥被公司正式任命为团队经理的那天，她被一群同事拖到公司附近的一家酒吧。

这酒吧装修得十分有情调，天花板上挂满星星，地板是蓝色海洋，她从没来过这里，却意外地并不觉得陌生。

麦霸们争先恐后地去抢台上唯一的麦克风，她和小芬笑得人仰马翻。小芬是她同乡，也是跟她同时来到新加坡的，两年后，她成了这个团队的经理，小芬还在做前台。她和小芬之间从来不是竞争关系，想到这些，仅仅是因为感叹自己的变化。

“经理！唱歌！经理！唱歌！”人群中的呼声越来越凶，一句英文里头夹杂着好几个中文单词，这是卢晓鸥一开始最不习惯的东西，现在竟然也学得有模有样。她硬着头皮接过麦克风，平日听了这么多歌，到嘴边却一首都想不起来，唯独记得的是隔壁传来的 Joe Cocker 的*You are so beautiful*。

她唱完了，明显这首歌不太适合她，被她唱得平平淡淡，但同事还是给面子地鼓了掌。这时候有人冲到台前，抓住她的手。

“你是‘阿雪’？”

抓她手的是个二十出头的女孩儿。她听得云里雾里。她想，这女孩有病吧，但怎么说卢晓鸥也是经理，要保持该有的风度。只是没说几句，小姑娘就跑了。

赶过来的店长看到这个情况，先是道歉，后来解释了几句：“阿雪”是个流浪歌手，曾经在这里表演过一阵子，后来不见了。

“别说你们还真有点像，就是她唱得好些。”店长说。

卢晓鸥翻了个白眼，她能唱成这样算是给足面子了，她不是酒吧驻唱歌手，也不是什么流浪歌手，她是一个普通的企业战士，只是随口唱了一首歌，不想整出这种幺蛾子。

大家见到没有东西可以起哄，也都散了，最后没人记得这码事儿。

卢晓鸥回味着“阿雪”这个名字：就凭这种烂大街的名字，想那人一定也没什么文化。

第二天一早她要代表他们组去谈判，对方是一家新晋演艺公司，找他们谈合作。

她和演艺公司没怎么接触过，这又是她升职以来第一份差事，她想要做得完美，就提早到达了人家公司楼下。演艺公司注意门面，来来往往的人都花里胡哨的，她穿着一身廉价的职业装，显得格格不入。

负责接待她的原本应该是行政部门的接头人，但来的人显然是业务部的，她被带到业务部办公室，那儿正坐着一个小领导，她刚打算开口，却被对方占了先机。

“卢晓鸥，最近怎么样，你先生还好吧？”那个小领导抬头，她总算看清了他的样貌。

卢晓鸥没想到会在这里碰上袁启一，而袁启一的表情也十分生硬，虽然说了那么一句不咸不淡的话，眼中的诧异却没有减少半分。卢晓鸥有些不安，但她现在怎么说也是一个小领导，一句“你怎么在这儿”不好问出口，只能故作镇定地坐到他面前。

“谈正事吧。”她说。

三、

卢晓鸥结过婚这件事情她没有向任何同事说起过，就算是作为同乡的小芬也不知道。卢晓鸥的前夫叫汪海，比她大一岁，长相一般，家境一般，成绩也一般，早早地辍学，在他们所在的城市里开了一家汽配店。他们俩一块儿长大，虽然没有娃娃亲，但两家人的心思早就不谋而合。在那个中国二线小城市里，卢晓鸥过得无欲无求，爸妈说那你俩订个婚吧，卢晓鸥也没有异议。大四那年她决定出去走走，于是申请了新加坡的实习。汪海这个人有一点好，那就是无论卢晓鸥做什么决定他都是支持的，从小到大无一例外，于是她毫无负担地来了。说是实习，其实和打杂也并无二致。公司是一个国际培训中心，她主要的工作就是整理档案，偶尔帮忙当个助教，教中国学生乐理知识。

卢晓鸥第一次见到袁启一是在教师休息室，袁启一天生气场强大，吸引一两个小姑娘的视线不成问题，可这回是他被吸引了。

“你长得可真好看。”袁启一说。

卢晓鸥被他吓得一口水喷出来，毕竟从来没人和她说过这样的话，就连汪海都没有。那天她被吓得不轻，落荒而逃。

后来袁启一常常给她打电话，周末还会找她出去欣赏露天音乐会。她承认，自己是被吸引了。

但她还是开诚布公地告诉袁启一，她是有未婚夫的人。

袁启一迟疑了一下。

“你别多想，我是把你当妹妹。”他说。

“你这么说我就放心了。”卢晓鸥口是心非地说。她从来没有好好地恋爱过，和汪海的那种感情也绝对称不上爱情。她对平淡的生活毫无怨尤，也从没有不切实际的想法，直到遇见袁启一。

袁启一和她不太一样，准确地说是没一处一样，卢晓鸥在国内的师范大学修的是音乐，她对未来的人生规划就是能进个不错的小学然后给合唱队伴个奏。袁启一在新加坡国立大学学的是管理专业，同时是被公司雇用的正儿八经的老师。当时他并不像现在这样西装革履，他常常穿着针织衫、牛仔裤，时不时还会戴顶花哨的帽子。听说他出身于一个艺术家庭，五六岁就开始学钢琴，吉他是大一才接触，现在他大三还未毕业，已经可以当老师了。他什么都好，就是脾气大，有的时候会骂学生，所以他排课也少，也有一部分学生抢着要上他的课，这就见仁见智了。

袁启一对她无微不至，让几个同事女生都红了眼，卢晓鸥只是恪守本分地工作，她们倒没有为难。实习期结束之后，她按照约定回国，写论文、答辩，渐渐把袁启一的相貌忘却，然而他的名字就像一个挥之不去的印记刻在她的心里。

她和汪海结婚之后，安安分分地待在家里，公公婆婆希望她能早日生个孩子，她和汪海倒是挺乐意过这种二人生活。汪海平日里话不多，但卢晓鸥能感觉到汪海的变化，她猜测汪海心里可能住着另一个女人。她也知道这件事情无可厚非，她和汪海在一起的时候，心跳不曾快过一拍，也正是这样，才能理性地处理好每件事情。所以卢晓鸥没有去拆穿，她有一个自私的想法，既然汪海爱着别人，她的心里是不是也可以名正言顺地印着另外一个男人的名字。直到有一天汪海再也没有回来，她才如梦初醒。

四、

今年卢晓鸥二十七岁，如果不是袁启一谈起她的过去，她已经开始忘记那些日子。卢晓鸥坐在办公室发呆。昨天她拿下了一个不错的项目，团队欢欣鼓舞，热火朝天地开始准备，而卢晓鸥却显得没什么兴致。

昨天她早上八点到袁启一的办公室，袁启一一个早上都在办公，始终没有看她带过去的合同。中午两个人一起吃饭，下午回到办公室让她继续在一边等着，就这样，他到晚上八点人去楼空的时候才草草地在她带来的合同上签字。袁启一漠然地把她晾在一边，并且是整整一天。她觉得他好像终于捕捉到机会一样折磨她，不难看出袁启一十分讨厌自己。卢晓鸥不知道为什么袁启一会讨厌她。他们已经有五年没见，中间没有一条短信一个电话，他这怨气发得毫无道理。

接下来的一个星期，她和袁启一低头不见抬头见，他还是不冷不热地对待她。

“经理，你是不是和袁经理有什么矛盾？”

“我也想知道，我和他有什么矛盾。”

她叹了口气，下班打算一个人逛逛，无意中走到了曾经实习过的那家培训中心。也只不过是几年过去，原本人头攒动的地方现在门可罗雀，连店面也缩水了百分之八九十，一楼租给了服装店和书店，二楼才是培训的地方，所谓的大门只是一道窄小的楼梯，一曲不太娴熟的《致爱丽丝》流泻而下，如果是袁启一的学生，估计要被打手。她走了一会儿，走到武吉士街，找了个台阶坐了下来，看着这条街上的汹涌人流。这点倒是和之前如出一辙，以前下了课，她会和袁启一冲到这条街上胡乱吃一通，没有半点艺术气息地哼着《幻想即兴曲》。

一个声音打断了她的回忆。

“卢晓鸥？”

她抬头，看到袁启一一张不悦的面孔，随即想到这一个星期来发生的事情，还是不打算和他多说。

“我路过这儿，现在就走了。”她起身。

她说完要走，袁启一却抓住她的手。在昏暗的楼道中，彼此都看不清对方的表情。

这样持续了足足一分钟，卢晓鸥也没有去挣扎，本来就不是什么黄花大闺女，也没必要装这个纯情。袁启一迟迟没有说什么，她也懒得再听，干脆甩掉他的手，道了一句“明天见”，自顾自地蹿进了繁华的街道。

五、

演艺公司喜欢吹毛求疵，原本半个月能完成的场地设计、搭建，现在拖了一个月才完成了一半，虽然在钱的方面是给得很大方，但多多少少也引起了卢晓鸥团队的不满。

甲乙双方准备就此开一个会议，卢晓鸥知道这会儿她不免要出头。果不其然，对方把他们的办事效率评价得一文不值，卢晓鸥也不是省油的灯，把修改稿往桌上一丢，开始唇枪舌剑。这场景宛如英国下议院的辩论，就差掐架斗殴了。

“你们不做有的是公司想做。”袁启一一拍桌子，大家都安静了下来。

他发表这样的言论是不应该的，毕竟双方也是想要达成一致才会这么大费周章地吵，要是真的那么简单，今天的会议就是一场闹剧。卢晓鸥觉得他的态度实在无法恭维，起身宣布这场会议延后再开。

以为今天就这样结束，大家作鸟兽散，她走出办公室，关上门，关上灯，转身却发现袁启一站在她身后。

“卢晓鸥，咱们谈谈。”

正好，她早就想找他谈谈。

袁启一把她带到一个小酒吧，让她感到意外的是，这就是他们公司附近的那家，这是她第三次来。但这次和以往每一次都不同，店长热情地凑上来，嘘寒问暖。这个时候她才意识到袁启一是这家店的真正主人。

袁启一带她到一个卡座，服务员识相地送完东西就退下了。

“你还记不记得，以前你说过你也想开个酒吧？”袁启一说。

卢晓鸥当然是不记得的了，因为那是她喝醉时候的酒后话。

当时她已经离开了培训中心，第二天就要回老家，袁启一说他不会去机场送她，但是愿意请她喝酒，她就没羞没臊地赴了约。

她是属于那种喝多了就会特别高兴的人，她半醉半醒地说：“我也想要开个酒吧。”

袁启一问她：“那你想要什么样的酒吧？面朝大海春暖花开？”

她哈哈大笑：“你欺负我没有文化，会念几句中文诗很了不起？我可不是文艺女青年。”卢晓鸥想了想，随即又说，“我要天花板上挂满星星，地板是蓝色海洋，进来的人都会感觉像被一阵海风袭过。”

“你这还不文艺？”

“哈哈哈……”她笑完就睡死过去了。关于这件事的记忆也一点儿不剩，如果袁启一不提及这茬，她绝对想不起来。现在卢晓鸥明白自己为什么会觉得熟悉，因为这个酒吧的每一个细节都是袁启一按照她的想法设计的，虽然那只是一瞬间的创意，也是属于她的。想到这里她忽然觉得惊讶：袁启一为什么要做这些？

她回望过去，看到一张熟悉的面孔和熟悉的眼神。

五年前他就是这样看着自己的。那种让她觉得无地自容的眼神，恍如隔世。

“袁启一，我也告诉你一些事情吧。”

六、

这些话她在心里藏着，因为无处诉说，也因为怕骇人听闻。

她结婚后第三年，汪海失踪了。她知道汪海做的小本生意也得罪不了什么人，所以起先只是找他的兄弟询问，并没有多想，只觉得他可能是忽然有什么事又忘了带手机。结果汪海一直没有回来，整整一年。她去报了案，在报纸上登寻人启事，都无济于事。最后卢晓鸥的父母跑来找她，安慰她也规劝她。

“晓鸥，趁现在离婚吧。”妈妈捂着嘴，一副痛心疾首的样子。他们从几个亲戚那儿听说汪海曾经在市郊租了一个小房子，那个房子里常有一个化着浓妆的女人，这几年汪海生意不是很顺，汪海失踪的那天，女人也失踪了。

“妈，你们别瞎联想。”卢晓鸥有些着急，但也无法为他辩驳。

有那么一阵子，卢晓鸥的父母总觉得对不起她，因为这场婚事是他们操办的，却没想到老实巴交的汪海会做出这种事情。

卢晓鸥开始被很多不认识的亲戚慰问，大多数是表示同情，还有的极其愤慨。她不知道自己有什么可同情的，汪海在哪里还不知道，她一个人在家中有吃有喝。现在她只是一心想找到汪海，希望他没事。她想起自己刚回国的那天，汪海用闪烁的眼神问自己：“晓鸥，你是不是有了喜欢的人？”

当时卢晓鸥说没有，她说谎了，至今这愧疚感还在，所以无论汪海做什么，她都不会怪他。他俩虽然并没有那么相爱，可情义还在，她不想在这个时候丢下他不管。以前她很喜欢刘若英和黄磊演的那个《夜奔》，她没想通林冲为什么不选择逃跑而是留下来照顾那个鸦片鬼少爷，现在她想明白了。人生有很多事情是没得逃的。

一年后，搜查队在一处僻静的山脚下发现了汪海和一个女人的遗体，离他们的城市很远，也不知道他们去那里干什么。一直到最后卢晓鸥都没有起诉离婚。所以，她的婚姻状态不是“单身”或者“离异”，而是“丧偶”。

三年多的婚姻，加上十几年的交情，他们俩已经比自己还要了解对方，她不说，是因为她猜到汪海外面有个女人，而汪海，其实也一直知道她心里有个人。

因为汪海的死，那个案件在家乡闹得沸沸扬扬，卢晓鸥决定，无论汪海和那个女人之间是什么爱恨情仇，她都不想去管了。于是，她一个人跑来了新加坡。

她放弃了那个做老师的梦想，换了一个更贴近实际的梦想——她要赚钱。于是她开始做一个毫不相关的工作，好在这个工作起点低、看业绩，只要努力就可以。

就这样，从她再次到新加坡至今，已经有两年的时间，她的努力开始有所回报。而这两年来，她没向任何人提起这事情。

“袁启一，我不知道你怎么变得这么讨厌我，可是我不讨厌你。这些话我只跟你一个人说过，说出来感觉好多了。”她波澜不惊地说道，“别人都觉得汪海对不起我，其实是我对不起他。因为我跟他结婚的那三年，无时无刻不想着另外一个人，那就是你，袁启一。”

卢晓鸥把最后那几个字咬得格外铿锵有力，明明是一句告白，却听起来像是对仇人的呐喊。袁启一并没有像卢晓鸥想象中那样打断她，而是一声不吭地听她讲完，几乎是把人生所有的耐性都放在这件事情上。灯光下他缓缓地抓住卢晓鸥的手，按在自己掌心，好像是一个暧昧的情人间的暗语。

“我知道。”袁启一随即说道。

七、

这天的太阳特别毒辣，卢晓鸥也只好硬着头皮跑到现场。让她感觉意外的是，今天的场地上面各方都其乐融融，好像昨天的争吵根本没发生过。袁启一还特地给他们团队点了比萨和冰饮料。

“袁经理怎么了？”

“太热了吧。脑子也热坏了。”

卢晓鸥站到两个聊八卦的女孩子中间，她们立刻都闭上了嘴，乖乖地吃比萨。她朝着袁启一的方向看去，他也正好走过来。还没说话，他就递了一把小伞过来，标签是日文的，大大地写了“UV”两个字母，她也知道是把防晒伞，还不便宜。

卢晓鸥有点怕。虽然昨晚她是真情流露，但到他这儿也太立竿见影了吧，可无论是不是因为昨晚那些话，现在双方合作愉快倒是真的。其他方面她也不敢多奢求。

袁启一说他过阵子要出差，所以这里的进度全部交给她。这本来就是她分内的事情，不用他交代她也要做好。袁启一又吩咐她好好待在这儿监工，不要到处乱跑，等他回来。

卢晓鸥从来没见过他这样的，不就是出趟差，弄得跟要出家一样。卢晓鸥看着他走远，上车，离开，撑起手上的遮阳伞，一下子满头都是星星。

“哇，经理你的伞好好看哦。”女孩子们看到好看的东西，总是抑制不住那颗少女心。

一个月之前，卢晓鸥还坚信自己不会再和袁启一有什么瓜葛，现在可能是要食言，她有些感叹。五年前没有紧紧握住的手，现在反过来抓住了她。虽然还有些疑惑，但是她从来不是打破砂锅问到底的个性。手的温度是真的，心跳是真的，那就够了。

工程进行顺利，袁启一不再每天监工，惹得几位女同事都开始想念袁经理，能絮絮叨叨一整天。卢晓鸥也不想去打破她们美好的幻想，只要不耽误工作，其他的倒是不关她的事。转眼间合作已经有三个多月，这期间，袁启一和她的关系变得越来越好，甚至好过当年。袁启一晚上没应酬的时候就会来找卢晓鸥，两人一起吃饭、看电影、逛街，有时候袁启一会去几个演艺吧弹吉他，就叫上卢晓鸥一块儿，他们有了一个很棒的双人组合。

卢晓鸥有一种奇幻的错觉，她觉得之前自己的生活像是假的，现在的才是真实的，尤其是袁启一牵着她的手，大方地在人前行走的时候，这种感觉尤为强烈。

“我要出差了，你好好待着，回来有礼物。”袁启一说，像哄一个十几岁的小女孩。卢晓鸥很受用，甚至开始揣测会是什么礼物。一早送袁启一离开新加坡，卢晓鸥又投入自己忙碌的工作中。

这天，卢晓鸥早早结束工作，同事各自回家，她却不是很想睡觉，于是去了袁启一的酒吧。店长知道她是老板的朋友，马上就把最好的位置安排出来。她看到台上有个女孩儿抱着吉他唱歌，认真又可爱，她想起来，这是她第一次来这里的时候抓她手的女孩。

女孩下台，很快察觉到卢晓鸥的存在，径直走过来。

“你真的不是‘阿雪’？”

女孩又问了一遍，卢晓鸥摇摇头，女孩也放弃了追问，干脆坐下来。

女孩的名字叫小舞，大学生，高中时候就常常偷偷跑到酒吧里听歌，最喜欢的就是一个叫“阿雪”的女歌手。然而有一天“阿雪”不见了，再也没有出现，因为她本身也是个叛逆少女，没有什么朋友，所以几乎没人知道她去了哪里。

“我知道她去了哪里。”小舞说，“她喜欢上了一个男人，留在了她爱的人身边。”

小舞肯定不知道，当她说到“爱”这个字的时候，是那么掷地有声，像卢晓鸥这样的人是没办法用这样的语气描述它的。

“既然她在她爱的男人身边，你怎么又会误会我是她？”卢晓鸥觉得小舞很有趣。

小舞没有回答，拿出手机，翻出一个相册，里面全是“推特”截图。

“有一天我发现她的‘推特’被全删完了，我因为喜欢她，保存了她大部分‘推特’截图，你想看吗？”

卢晓鸥没有不看的理由，她拿过手机，第一张图就是“阿雪”的自拍，真的和她有八九分相似，只是化着烟熏妆，神情气质也完全不同。

她翻看了几条，这个“阿雪”真的是一个很任性的人，她走遍了很多城市，发表了许多过激的言论，从未谈及自己的家人。

最后一条“推特”是这样写的：我要和我的爱人去环游中国，我要告诉你们，我们是可以幸福的。我是他的阿雪，也是他的袁裳，我生命里每一滴血液都是属于他的。

袁裳？看到这个名字，卢晓鸥拿着手机的手不住地颤抖。不光是因为这个让人敏感的名字，更重要的是这条“推特”发表的时间是将近三年前，那正是汪海失踪的前一天晚上。

八、

卢晓鸥从网上查到旧报纸，翻到刊登着汪海意外坠山的消息，文字里赫然写着遇害人：汪海、袁裳。

小舞说她猜想袁裳应该是出事了，可她只是一个高中生，什么都做不了，只能眼睁睁地看着她的“推特”被清零，她的一切人间蒸发。

袁裳还在这个酒吧唱歌的时候，常常被她哥哥揪回去，她哥哥脾气很大，她反抗他就敢打她。酒吧里的人都知道袁裳家里是开演艺公司的，她要是想唱歌，比这里所有人都容易，但偏偏家里人规定他们兄妹只负责经营，不能抛头露面。袁裳是个暴脾气，这点所有人都知道，后来她干脆离家出走，跟着乐队到中国表演。

袁裳走后，她哥哥买下了这个酒吧，重新装修，变成了现在这样。

她哥可能是爱阿雪的。小舞觉得。

“爱又有什么用呢？”卢晓鸥轻轻说。

事到如今，她终于知道为什么袁启一要讨厌她。

晚上小舞宿舍门禁到了回不去，卢晓鸥就留小舞在家里过夜。她们聊到很晚，小舞还唱了袁裳最爱的歌，Eric Clapton 的 *Tears in heaven*。袁裳从来没有录过自己的歌，也没有人录过她的，所以她的表演再也没有人能看到。

卢晓鸥看了一整夜“推特”截图。她从袁裳的“推特”里发现，她是在一次表演的时候认识汪海的，当时她从没见过一个男人这样看着她，把她都看得心跳不止。卢晓鸥知道汪海经常和客户去谈生意，从袁裳的“推特”描述可知，汪海几乎每晚都去看她，还给她租了房子。

汪海听她谈她的梦想，帮她出谋划策。袁裳很快就喜欢上了汪海，她认为汪海也是喜欢她的，她觉得自己终于有了栖身之所。

某一天，她用英文写道：“他告诉我，他依旧爱他的妻子，但他同时也爱着我。也许是因为我像极了那个学生时期追逐梦想的妻子。而我竟然没有生气。”

看到这里，卢晓鸥深呼吸一口气。她不禁为袁裳感到难过，也开始憎恨自己，但即使如此，她也没有办法去纠正什么。

“‘阿雪’死了吗？”小舞天真地望着卢晓鸥。

她被问得哑口无言，但她还是摇摇头。“阿雪”只是一个名字，它可以快乐或者忧伤，但它不会死，它像每一个追求自由的简单灵魂，饱受折磨，但它不会死。

九、

袁启一的航班到新加坡樟宜国际机场的时候已经是晚上九点，他没打算打电话给卢晓鸥，反而是折转去了自己的酒吧。

这次出差结束，袁启一折转去给袁裳扫了墓。除了自己家人，几乎没有人会来拜祭袁裳，他帮她清理好墓碑，站着说了些话。

他第一次看到卢晓鸥的时候，他知道那不是袁裳，但有的时候，他自私地想如果卢晓鸥是自己的妹妹该有多好，她那么听话，那么乖巧，也不会气得父母双双得了心脏病。但是他明白，她们始终是两个人，袁裳喜欢Eric Clapton，卢晓鸥喜欢肖邦。袁裳是他最宝贵的妹妹，这一点无人能替代。卢晓鸥呢，他也是真的喜欢她。

弄清楚这件事情，花了他足足五年的时间。

说完后，袁启一给袁裳上了一炷香。

袁启一到酒吧的时候，看到一个二十岁出头的姑娘在唱歌。

“Would you know my name if I saw you in heaven. Would you be the same, if I saw you in heaven...”

如果我能在天堂见到你，你会知道我的名字吗？如果我能在天堂见到你，你是否依然如昔。

他看着那个完全陌生的女孩，自觉荒唐地在心底念叨：希望她有一双包容她的父母，有一个宠溺她的哥哥，希望她往后能过得平安。

店长知道老板来了赶紧扔掉手上的牌，匆匆忙忙地赶来：“老板您怎么来了？”

“你知道卢晓鸥吗？”袁启一问。

“卢经理？”店长有些疑惑。

“对，以后我想把这儿交给她，你觉得没有问题吧？”袁启一说得很轻松，像是送一块巧克力那样，打算把这个酒吧送给卢晓鸥。而一起附送的，还有他袁大经理本人。经过漫长的岁月，他想清楚了，自己是喜欢着卢晓鸥的，也许一开始他确实是因为袁裳才注意到她，而往后，她的一切都是独立于袁裳的存在，而这些有趣的存在，叫他那么欢喜。事到如今他心中早已没有芥蒂，只希望卢晓鸥永远不要知道这件事情，然后他就可以心安理得地去爱她。

店长皱了皱眉，复又问道：“您说的是卢晓鸥卢经理？”

袁启一有些不耐烦了，随意地“嗯”了一声。店长立刻诚惶诚恐，其实只要饭碗还在，他不敢有疑问。但他又小心翼翼地抬头看向袁启一：“可我听说卢经理辞职了。还说去旅游了。”

听到这儿，袁启一皱起眉头，拨通卢晓鸥的电话，但是对方已经关机。袁启一抓紧了口袋里的小盒子，觉得有什么东西正在崩塌……

这时候他的留言箱里跳出来一段电话录音：

袁启一，你肯定不知道我有多喜欢你。但你还是不应该原谅我。命运会把我们推到属于各自的地方。也许很久以后，你会在街头看到一个和袁裳长得很像的人，她叫“阿雪”，希望你能淡然离去，希望你不要叫住她。

卢晓鸥失踪的第二年，我从同学口中听说她的故事。

同学提议让我回国去找卢晓鸥其实也只是一时兴起，因为我们都知道，如果一个人刻意想要失踪的话，是非常难找到的，她这么说，只是希望她老板多一个念想罢了。我知道这样的念想是很重要的，但我更希望他可以彻底忘记这种念想去活，只是我说是这么说，我也知道要做到不容易。同学告诉我最后老板还是把那个酒吧卖了，转而买下了卢晓鸥住过的屋子，他不是去住，只是摆在那里。

我又抬头去看那唯一暗着的一间屋子，它自己肯定不知道，这两年来，有个人，一直在等它再次亮起。

瓦拉纳西

重生

我是一个很坏很坏的人，可再坏，我也是个人，有七情六欲，有爱恨情仇。

一、

我跟盛淼认识的那会儿她还是个大学生，她跑来我们的工作室实习，当时我们每个月只能给她开八百块的实习工资，但她从来没埋怨过。在我眼中她是一个特别无所谓的人，无所谓并不是随波逐流，她很有想法，特立独行。后来她大四毕业，找了一份翻译的工作，过了一年就结婚了。当时我挺意外，我总觉得她会在一次旅行中认识一个人，然后改变自己的一生，结果她却是嫁给了相识七年的男朋友。

盛淼再一次来找我，那天她辞掉了那份前途还算不错的工作。她没有告诉我原因，我只是静静地听着她讲话。

“我一个人去了瓦拉纳西。”她说着，我看到她稍显干枯的头发和粗糙的双手。

“我不知道，原来人可以那么虔诚地过完一生。”她又说。

盛淼一个人跑到瓦拉纳西，她说在那里，看着一望无际的恒河水，她徒步三百多公里，有的时候会想起她的丈夫王乐成，但大多数时候脑子是一片空白。

以前她提过很多次要去旅行，王乐成都坚决反对，他没时间陪她去，也不希望她一个人去。而这次，王乐成没说一句话，只是抽出一张信用卡丢到床上，转身走了。

其实盛淼并不缺钱，她从小努力，高中考到一所省重点，后来又上了一所211大学，最后进了一家外企做翻译。她自以为她把别人寄托在她身上的期望都完成了，但是轮到自己想做些事情的时候，一群人跳出来说她自私，其中最甚者，就是她妈。盛淼她妈永远站在王乐成那边，她妈说盛淼命里五行缺水，缺水的人天生就缺桃花，说白了，就是缺男人。王乐成是她的救命稻草。

果真如此。盛淼从小缺乏异性眷顾，小时候长得不好看，长大一些，开始变得眉清目秀、玲珑有致，也没人垂青。直到上大学，王乐成的出现才让她摆脱了这个尴尬。

她抹了抹汗，掏出手机看地图，经过一天的努力已经到了今天的终点。酒店不是很大，沿着码头而建，提供给过路人一个歇脚的地方。盛淼到达时间比自己预期的要晚两个小时，这儿已经是一片寂静。她看到不远处还有灯火，还传来呜咽的声音。

盛淼没去理会，敲开店门，看店的是一个正在看书的男人。他是个中国人，长得算比较好看，有一双纤长的手，穿一身简单的T恤长裤，留着清爽简洁的小平头。因为入夜了，所以他肩上披着一件薄毛衫。

“您好，我订了房间。”盛淼说。

男人抬头看了她一眼，立刻合上书，似乎不怎么高兴，也许是因为她打扰了他半夜看书的雅兴。他拿起一盏应急灯，从抽屉里摸出一张房卡，走了过来。又朝着不远处指了指，似乎可以寄存大物件。盛淼点头表示感谢，跟着男人一路走到屋子的最里面。

二、

“那个男人叫宋迟。”盛淼对我说。

“我看他的文章已经有七年了。”盛淼喜欢我家里那盏很久的老式台灯，拉绳的那种，她玩着那根细细的金属绳子，干巴巴地笑了笑，“他肯定没想到。”

作为一个写字的人，我忽然很羡慕宋迟，毕竟从来没有人跑过来跟我说：“嘿，我看你的文章已经七年了。”

宋迟去印度之前是个旅行杂志记者，杂志卖得不错，特别是在高教园区，后来不明原因地辞了职做了自媒体，每天写写游记，再后来直接去了印度。盛淼从他的文字中得到过很多鼓励，所以她找到了他所经营的酒店，刻意地住了进去。

她到瓦拉纳西的第四天，天气时好时坏。妈妈和王乐成都没有给她打电话，微信也没有消息，估计是还在生气。盛淼一觉醒来，才发现自己住的这个房间真不错，大落地窗，正对着Ahilya码头。时间刚好五点半，窗外已经堆满了人，都在等着晨祭河神。盛淼对这种宗教活动总是带着几分敬意，她穿好衣服，缓步走到河边。

祭河神仪式非常庄严，熙攘的人群散去后她看到了宋迟。他没有昨天那么冷漠，主动跟她讲话，他说自己来这儿只是一个巧合，本来是漫无目的地旅行，后来在这儿碰到一个朋友，那哥们儿打算卖掉自己的旅馆回家乡，他就接手过来，按照自己的想法装修了一遍。

“什么时候走？”宋迟问。

“中午就走。”盛淼觉得有些不舍。

正聊着，身后一对年轻的旅人兴冲冲地跑过来，一个不注意把盛淼撞到了石头上。

“对不起、对不起。”撞到她的男孩子紧张极了，他身后还跟着一个女孩，一副不知所措的样子。

“算了，没事。”盛淼挥挥手，但她也感觉到自己是走不了了。男孩执意把她背到旅馆，女孩也一路跟着，不敢说话。回到旅馆才发现她脚踝肿了一大块，宋迟没说什么，赶紧给她上药。他的动作很轻，对那个大包万般呵护，让盛淼很觉得意外。

她醒过神来，眼看这个伤，怎么也得休息一个星期。这时候宋迟拿了一些吃的过来，说是那对大学生情侣给她的，他们不知道该怎么办，又上路了，男生留了一张字条，上面是他的电话。盛淼放到一边，她没打算找这对小情侣的麻烦。

盛淼打电话回家，打算跟她妈报备一下，本来也没打算得到什么安慰，但是电话那头传来妈妈有些愤怒的声音：“盛淼，你怎么变成这样了？”

妈妈单方面挂掉电话前最后一句话是：“你这么喜欢，干脆死在那边好了！”

妈妈还是老样子，喜欢把“死”挂在嘴上。她觉得很累，本来打算再给王乐成打一个电话，但是现在连说整个句子的力气都没了。

这时候，盛淼闻到食物的香气。

她一瘸一拐地走到厨房，看见宋迟正在做饭，他的厨房很新，有点欧式简约的风格，和这里格格不入。因为脚受伤，盛淼和宋迟约好包吃包住，他开的价格十分合理，盛淼打算安心养伤。她咬了一口宋迟做的三明治，味道不错。

“你怎么一个人来这么大老远？”宋迟这会儿才想起问她。

“我想这么干很久了。”盛淼笑着看着他。

三、

吃完午饭宋迟替人办理完退房手续，就敲开盛淼的门，打算给她挪个地方。盛淼不是很乐意，这个房间她挺喜欢，况且她现在是一个“残疾人”，也不想动。宋迟冷眼看她，说不行，一定得搬。搬一个房间别人几分钟就能搞定，可她整整搬了三个小时，一会儿脚疼，一会儿衣服散了。

吃晚饭的时候宋迟跟她坦白。宋迟说盛淼住的那个房间其实一直都是空着的，因为这几天爆满才会给她住。在宋迟刚盘下这家店的时候，第一个客人就住在那儿，那是个十分好看的小姑娘，她说喜欢这个大落地窗，希望能包下来。第二天果真如言打了一笔钱给宋迟，大概有三千多美金，作为包房的费用。不久后她买了单程机票回上海，再也没有回来，虽说日子已经过去很久，宋迟却习惯了为她留着房间。

“既然是留给她的，为什么还是让我住了？”盛淼问。

宋迟不答。

“那你会一直在这儿吗？”

宋迟耸耸肩，他也不知道。

“我能把我的东西寄存在这儿吗？”

“什么时候来拿？”

盛淼耸耸肩：“等我旅行结束后。”

“好的。”

盛淼留下了一个化妆盒，不太大的那种，宋迟接过来，点点头，把盒子放进了一个带锁的抽屉里。

一周后，盛淼的脚伤大部分都好了。宋迟说：“我带你去个地方。”

盛淼看了看他，说“好”。于是宋迟开车把她带到一个广袤无垠的地方，那里除了水，便是天。

“七年前我第一篇游记写的就是这儿。”宋迟说。盛淼忽然有些触动，回头去看他，而宋迟也恰好在看着自己。

“你知道我是你的读者？”盛淼不记得自己什么时候暴露过这一点。

“知道。”宋迟说。他从一开始就知道，从她走进来看着自己的眼神他就明白，因为曾经有个漂亮姑娘也是用这样的眼神看着自己，然后她再也没有回来。

宋迟给了她一个空瓶子，可以挂在身上的那种饰品瓶子，让她带些恒河水回去玩，留个纪念。瓶子是他自己设计的，盛淼点点头表示感谢。

“再见，盛淼。”宋迟伸出手，盛淼不由自主地握上去。

“再见，宋迟。”

说了“再见”，就是想再见。

四、

盛淼和王乐成结婚两年了，认识他却已经有九年之久，他俩认识的第七年王乐成跟她求的婚。王乐成相信有七年之痒。他不想这段关系有太大变故，当时王乐成被提到主管的位置，大伙儿一起给他庆祝，在场的还有她的几个好姐妹。在她毫不知情的状况下，王乐成拿出了一枚戒指。好朋友都激动地尖叫，盛淼愣在那儿，没有说出大家预料中的那个“好”。

“我想去瓦拉纳西。”

十几双眼睛瞪大看着她。

“我想一个人去瓦拉纳西。”

“我还没去瓦拉纳西，我没办法答应你。”

重要的事情说三遍，盛淼回过神来的时候，王乐成的脸色几乎是青的。所有人都知道瓦拉纳西只是她的缓兵之计，即便是这样王乐成也还是放她来了。临走那天盛淼做了个梦，梦到十二岁的时候妈妈第一次打她。爸爸急匆匆地跑来，身后跟着她的后妈。

“爸爸带你走。如果你愿意，立刻走。”爸爸心疼地看着她。

盛淼看到他身后女人不悦的眼神，她知道，自己永远不可能跟他走，她哪里也不能去。爸爸走后，妈妈就开始追着她打。

“我做的一切都是为了你，你还想要逃？”

“你还逃不逃？”

她妈拿着那个鸡毛掸子敲在她手心，她咬牙切齿被打也没有回答那句“我不逃了”。

盛淼说起自己过去的事情时总是格外淡定，像是在讲述一个素未谋面的小孩。我为她感到庆幸，因为她已经不再是那个小孩。这晚我们聊到十点多，我让她住我家里，明天继续聊，她说好。说是这么说着，终究一颗心悬着放不下，到了十二点多，我俩都没睡着，我忍不住问：“可你为什么一定要去瓦拉纳西？”

她又为什么要留下那个化妆盒？

我当然知道她只是想要给自己一个再见他的理由。但这又有什么意义？

盛淼叹了一口气，我听到她无奈的气音，于是闭上了嘴。没一会儿，她说：“你问得很对，我后来才想起我去那里的原因。我是去找宋迟的，找到他，跟他说我很喜欢他。”

良久，我们陷入了沉默。

盛淼早就不爱王乐成了，估计五六年前就不爱了，但她还是昧着良心嫁给他，因为她妈以死相逼，也因为自己内心犹豫不定。

“我是一个很坏很坏的人。”盛淼自嘲。可再坏，她也是个人，她有七情六欲、有爱恨情仇。她想爱一个男人，不顾世俗眼光地去爱，哪怕眼前是阿鼻地狱。

五、

从瓦拉纳西回到家之后，她深呼吸一口才敢进门，进门之后，面对的是她妈一张老泪纵横的脸。

“你到底怎么回事？”她妈甩了一个巴掌在盛淼脸上。

这一巴掌把她拍醒了，瓦拉纳西的日子就像做梦一样。王乐成把她带回家，日子一天一天平静地过着。后来盛淼在书店遇见了一个叫叶桃的姑娘，当时她在看宋迟新刊登的文章，盛淼侧过头去看了一眼。

“你也喜欢宋迟？”叶桃满心欢喜地看着她。

盛淼点点头。

她有些惊讶，她忘记有多久没有跟人提起这个名字了，那个瞬间，盛淼觉得自己真的已经看了太多年他的文章。

叶桃和她不一样，她是最近才开始喜欢宋迟的文字。她们投缘，就一起约到路边的咖啡店里聊着宋迟，叶桃若无其事地抽了支烟，七星的女士烟。

“我喜欢他写的新德里游记，那里的人太把宗教当回事儿了，你说呢？”叶桃说得云淡风轻，她的语气并没有她的措辞那么激烈。

盛淼大概可以猜到叶桃是以什么样的心态阅读那些文章的。她并不责怪眼前这个女孩儿的无知，她反而衬得自己才是最了解宋迟的人。

这样的日子维持了一个多月，盛淼和叶桃每天见面，亲如姐妹。直到有一天，盛淼在家做饭，王乐成帮忙洗菜，王乐成手机响了，盛淼帮他去接，电话里传来一个女人的声音，很快就挂了，她却听出了这个声音。她把手机放回王乐成的公文包，发现里面有一盒七星的女士烟。

盛淼从客厅里望向厨房，王乐成一点儿都没变，他不会洗菜叶子，就干脆趁着盛淼不注意把叶子都揪掉了。盛淼之前做了许多猜想，猜想自己如果没有跟王乐成在一块儿，王乐成会怎么样。

盛淼有气无力地看着他，又走到客厅背起自己的包，一声不吭地走向门外。

王乐成听到关门的声音，又看到自己手机里的来电号码，心中五味杂陈。他追着盛淼出来，看到她没有走远，而是在离家不远处的小吃摊子上买了些什么，然后呆呆地坐在了一张折叠椅上。王乐成不知道她在想什么。

其实盛淼想起了七年前，王乐成在大一国庆长假的时候跟盛淼告白，当时是班上聚会，盛淼从来没被人表白所以没反应过来，可一个班的人群情激动，她这就算是默认了。

他们说盛淼是用尽了这辈子的运气才能碰上王乐成，一个个都像打了鸡血一样兴奋。这是她的初恋，她却没有别人那么兴奋。然后她就被同一个寝室的姑娘骂矫情，说没见过她这样不知好歹的。

六、

后来王乐成被盛淼甩了一个巴掌。这是盛淼人生的第一个巴掌，她不知道角度、力道是否正好。所以甩完了之后，她盯着王乐成，好像在等他分享客户体验。

王乐成没有怒气，他忍下了这一记巴掌。

“淼淼，我知道你想说什么，但你先听我说。”他说得那么淡然，倒显得盛淼好像很不理智。

“我跟她认识那天，是在帮你找生日礼物，她是书店里的导购，我知道你喜欢那个姓宋的作家，她说她也喜欢，说羡慕你有我这样的人疼。后来你一直嚷着要去印度，我问她印度有什么好，她告诉我你喜欢的那个姓宋的作家在印度，所以我知道你是一个人去找他了。”王乐成继续说着。

他们两个人坐在街边的小摊子上，盛淼耳朵里却没有别的噪音，只听到王乐成那低沉沙哑的嗓音，有点熟悉，又有点难受。

“我想了很久，是不是干脆分开会比较好，我知道你已经不爱我了，而我呢，也不如以往那么爱你了。不知道你是不是也想过这样的问题？”

盛淼有些恍惚，还是点了点头。

“你肯定觉得我不如那个男作家聪明，也确实是这样，但我还是不想放弃咱俩的婚姻，于是我跟她分手。她说她要去找你，我就说你去吧，我不怕，因为我会亲自告诉你这件事，然后请你原谅。”

王乐成一字一句说得诚恳，盛淼没有力气再去分析对错，这一刻，盛淼终于承认自己和王乐成的爱情已经走到头了，然而尽头却不是这个故事的结束。盛淼跟王乐成说，她想再去一次瓦拉纳西，王乐成没问为什么，一口答应了。她一个人跑到瓦拉纳西，租了一辆车，沿着恒河开了一天一夜。

她让宋迟打开那个带锁的抽屉，拿出化妆包，又从那个化妆包里取出一封信，那是她七年前写给宋迟的一封情书。她没给宋迟看信里面的内容，而是拿着信来到 Prayag 码头。在这里，有人送死去的人离开，有人为新生的婴儿祈福，生死交替，仿佛生命的延续。她把那封情书烧到只剩灰烬，似雪般飞扬起来，飞到自由的地方。

她跟宋迟告别，上车，这个时候，她忽然觉得呼吸困难，眼泪掉了下来。到如今，是爱情，是贪念，都已经模糊分辨不清。

“我下了飞机就特别想找个人说说话，然后我就想到你了。”盛淼说着，睡着了。

第二天我们都早起，八点不到王乐成就跑到我楼下来接盛淼，他接过盛淼的包，把她拉在怀中，轻轻地吻她头发，他们很好。

我突然想起《春光乍泄》里张国荣的那句“黎耀辉，不如我们从头来过”。

其实，我们的人生何尝不是一次又一次的重来。

开罗

•

有一天你也许会离开我

我知道也许有一天你会离开我，所以我才会那么肆无忌惮地爱你。

。

再一次见到阿嘉，是在开罗国际机场。

当时我们八目相对，半天没说上一句话。

我正举步维艰，研究着地图，小 C 从身后拉拉我的衣服，问："哎，那个不是阿嘉和那谁吗？"

我侧身，看到身后是两张熟悉的面孔：一个是阿嘉，一个是林哲。

阿嘉是我的好朋友，介绍给小 C 他们认识之后，就自然而然地打成了一片。那会儿阿嘉在我们的小圈子里有个绰号叫"外星人"，因为他思维总是很跳跃，这一方面和他的工作有关，他做的是舞台美术，需要有一些跳脱的精神，另外一方面和他自身条件有关。阿嘉很小的时候就得了口吃，所以他很少讲话。因为不是聋哑人，所以他也没去学什么手语，跟我们的交流多靠写，有的时候写累了，他就干脆一个人发起呆来，我们也渐渐习惯。

前些年阿嘉一直在四处奔波，我们没见过几回真人，感情也没有了以往那么密切。最近听说他辞了职，却也没怎么联系，没想到居然在机场遇见了他。

"这么巧啊。"是林哲先说的话。我和小 C 猛点头。

林哲是阿嘉大学时期的学长，我们只是见过几次面。如果他单独出现，我肯定认不出来。

"要不就一起吧？"小 C 提议。

这次旅行，我们也不是两个人来的，小C还带了几个朋友，加上他们，刚好够凑两桌麻将，我知道这才是小C在盘算的事情。林哲表示同意，阿嘉也点点头，但我多多少少能读出他眼中的不乐意。

第二天，我们坐上包车，小旅行团热热闹闹地出发了。我有多久没有体会过这样的组团出游，我自己都忘了。阿嘉全程望着窗外不说话，忽然转过头来，看着我。

半天，他也没表达什么，反倒看得我特别懊恼。

“大哥你想说什么啊？”我心里念叨着，却憋着不说，一定要等他先有所表示。

忽然林哲指了指前方，我们顺着他的手看去。

“那个就是红色金字塔了。”他说。

面对浩浩茫茫的一片金黄，我肚子里的火气也自然而然降下不少。

我们下了车，朝着庞然大物走去。虽说是红色金字塔，可还是要凑近一些才能看见那些红色沙土在阳光下熠熠生辉，再走得更近一些，便能观察到沙土所受的时间的侵蚀。

阿嘉这时候掏出了手机，迅速地打下一行字：“金字塔与猎户座是相对应的。据说猎户座腰带三颗星的排列跟吉萨三个大金字塔一样，而尼罗河的方向恰好跟银河一样。很难想象吧？公元前两千六百多年或是更早，这些东西被建造起来。”阿嘉飞快地写着，在场几个人都愣住了，可能是因为从来没见过打字这么快的人。

我和小 C 早就习惯了，跟两只应声虫似的频频点头，感谢阿嘉赐教。我对他的怨气全散了。

阿嘉很聪明，这可能和阿嘉的父亲有关系。阿嘉的父亲是一名高中地理老师，天文地理无所不知。只是他不是特别受学生欢迎，因为他班上学生的考试成绩都不太理想，而且他总是讲一堆课外的东西，学校之所以至今都没有开除他，可能只是因为他带出的那几个屈指可数的获奖、高考加分的学生。

阿嘉的父亲总是戴着一副大框眼镜，很重，把高挺的鼻梁都压塌了，阿嘉很早就开始戴隐形，他们也曾为这件事情发生争执。

在我的记忆里，这两个人经常发生争执，因为阿嘉不说话，所以就演变成了动手。阿嘉到了初三的时候个子猛蹿，很快就高过了他父亲，他也渐渐地学会控制自己的情绪，倒不会再动手，只是关系没有改善，越来越僵。

阿嘉喜欢舞台，大学学的也是舞美设计，当时我们还很好，他也不像现在这么特立独行。进大学之后，阿嘉积极参加各种社团活动，吸引了一堆女粉丝。那个年代还用什么 QQ 空间，我常常被他的粉丝波及。那些女孩提到阿嘉的时候，也总不会忘记林哲。林哲是阿嘉学校服装设计系的学长，高阿嘉两届，当时据说也已经是学校里的风云人物。阿嘉跟我不同学校，所以这些都是聚会的时候从别人口中听来的。

第一次见到林哲本人是在小 C 家的麻将局上，三缺一，正巧阿嘉要过来，小C就让他带个人过来，而且说明了不能带老海这样的，否则大迟要杀人。阿嘉也没磨蹭，把林哲带来了。

林哲跟老海确实完全不一样，干净利落的艺术男形象让我们都惊为天人。林哲最好的是他的一双手，十指纤长，关节又不那么突出，洗牌的时候看得我和小C哈喇子直流。

再看现在的林哲，一双手依旧那么好看。

林哲除了手好看，还是个挺靠谱的人，我们都知道他曾经在开罗待过几年，他随家里人来的，后来家里人回国，他也一起回了国。所以我和小C都放松了下来，不再为我们那一团的人瞎操心。

“你们怎么想起来开罗？”我问。

阿嘉愣了愣，那表情很不自然。

我终于能百分之百确定，阿嘉有事情瞒着我们。

林哲说阿嘉辞职回了杭州，最近时间比较多，就想一起出来走走。阿嘉没有想去的地方，刚好林哲对开罗比较熟，就带着他一起走走。他选择开罗作为旅行的目的地，多多少少有些重回旧地的想法。

我似懂非懂地点点头，目光还是没从阿嘉身上移开。

午饭我们吃的肯德基，这空旷的地方竟然没有个像样的餐厅，好在附近都是骑着骆驼的警察叔叔，安全感倒是不缺。

肯德基快餐店里到处都是人，我说话都难免嗓门大些。

我责备阿嘉这些年来都没怎么搭理我，骂他重色轻友，阿嘉被我吼得捂着耳朵，无奈地拍了拍我的脑袋，磕磕绊绊地骂了我一句。林哲在一旁笑。我们同行的那几个人则是露出了一脸见鬼的表情。

“这哥们儿不是哑巴啊？”有人说。

“你才哑巴呢。”我帮着回嘴，阿嘉默默地给了我一个“赞”的手势。

我跟阿嘉已经很久没有这样打闹了。以前我们是最要好的朋友，几乎无话不谈，他辍学以后，我很久没有见过他。以前我听人说，好朋友是怎么变淡的，我还觉得他们关系一定不是很好，所以才会轻易变淡，直到同样的事情发生在我和阿嘉身上，我才知道，时间、距离、心，一切都会导致我们的疏远，且不可逆。

到了夜里，我们住在金字塔附近的一家酒店，这里能从阳台上看见夜空与金字塔的轮廓。我们几个人都不禁感叹古埃及的神奇。感叹完后，小C毫无情趣地把林哲抓去打麻将了。

看小C那着急的背影，想必这几天是憋得难受死了。我和阿嘉都不打麻将，于是就闲庭信步。我倒很喜欢这样，有一搭没一搭地聊着过去的事情。也不知道是谁开始的，我们聊到了阿嘉的父亲。

小时候我们都很喜欢阿嘉的父亲，他总是有讲不完的外国故事，还会做地球仪，他手工做的地球仪比店里买的都要精准。阿嘉家里至今还摆着一排父亲亲手做的地球仪。

其实细细想来，阿嘉的父亲和他并没有太多的冲突，他从来没有帮阿嘉规划过人生，也没逼着他做不喜欢的事情。归根究底，他们会有如此大的矛盾，和阿嘉母亲的过世有着密不可分的关系。阿嘉的母亲意外过世之后，他的父亲一度很颓废。阿嘉那个时候年少气盛，看不惯父亲那种死样怪气，于是总是整天整天往外面跑。

他们吵得最激烈的一次，直接导致阿嘉毅然退学。林哲当时已经毕业，在市区开一个工作室，阿嘉退学之后就去帮忙，一边找工作，同时也从家里搬了出来。

我们劝过阿嘉好几次，让他回去跟父亲好好谈谈。

阿嘉总是回复我一句："他不会懂我的。"

那个时候，我们见过阿嘉的父亲，他顶着一张愁云惨雾的脸，也不光是因为阿嘉的事情。当时他带的班级一群小鬼胡闹，说他不会带升学班，只会带尖子生，家长也对他处处不满，要求学校换老师。当时学校就不给阿嘉的父亲安排课了，有意要让他顶着压力去上班。这些阿嘉都不知道，是父亲的学生后来来家里拜访的时候偶然说出来的。

我不知道阿嘉有多懊悔，但我们每个人都有那一段时间，看什么都不顺眼，觉得全世界都在跟自己作对，回头才发现，全世界可是很忙的，它根本没时间理你。

"我说你是不是特烦我啊？"我忍不住，问阿嘉。

阿嘉点点头，还瞪了我一眼。

我无话可说，还等着他道歉呢，结果半天也没等来。我俩就这样并排坐着，吹着晚风，谁都没说话。半晌，阿嘉在手机上写下：

“你知道我和林哲的事情吧？”

阿嘉问得突兀，我既然心知肚明，也只好点点头。阿嘉和林哲究竟算是个什么关系，很多人都说不上来，我也不能算全懂，只是不觉得奇怪，也不觉得哪里不妥。

“我没嫌弃你。”阿嘉这样写。

我点点头。其实是我们打扰了别人的清净。

“分开。”阿嘉忽然打了这样两个字，把我弄得莫名其妙。

“啊？”我不解地看着他。

“这场旅行结束后，我打算跟他分开。”阿嘉打完整行字，头垂了下去。

我诧异地看着他，等他解释。

“你也知道，长久不了的。”

“长痛不如短痛。”

“你们都知道的。”

我知道什么了我？我噎着一肚子话不知道怎么说，只能看着阿嘉满屏幕地乱写，没有一句能说明他的原因，倒全像对自己的开脱。

他和林哲的事情，我以前确实不看好。我觉得感情这种东西，要么就是玩玩，要么就是真爱，但无论是哪种，都不是长久之计。我身边也有一些朋友跟他们一样，结局要么是干脆逃出国去，要么就干脆离开各过各的生活。后来时间久了，见他们其实挺好的，也就没多想。此刻，我看着阿嘉坚定不移的表情，心里一阵酸涩。

他们终究还是没能例外。

知道了这件事情，我惴惴不安了好久。我仿佛知道了一个非常不好的秘密，我看着林哲也格外不自然。

“你怎么了？”林哲好奇地看着我。

“没事。她太久没见男人了。”小C倒是大大咧咧地帮我圆场，我也赶紧点头。林哲哈哈大笑。想来他心情还是不错的。我们路过昨天游览的金字塔，林哲有条不紊地给我们做着讲解。我看着林哲知性而稳重的样子，很难想象他知道那个消息的时候会怎么样。他也会淡定冷静吗，还是会难过地哭？

林哲看我一直盯着他看，终于还是问：“你到底怎么了？”

我觉得特别对不起他。但最终我还是摇了摇头，什么也没说。

“没有，我觉得你那个外套挺好看的，想问你哪里买的。”

“哦，这个啊，我们自己的，下次你来店里我送你一件女款。”林哲笑着说，然后指指阿嘉的腰包，“那个也是同一系列的，好看吗？”

我猛点头：“好看。”

不知道从什么时候开始，阿嘉这个外星人，身上总会有一些林哲的痕迹。他大学住校了之后一心扑在设计上，从来没心思打扮自己。林哲实在看不下去会给他做一身衣服，但阿嘉因为常常跑场地，糟蹋了，后来他也做得少了。但阿嘉身上肯定有一两样东西是林哲做的，要么是衣服，要么是首饰。

我想如果我也会做这些东西，如果我也有一个喜欢的人，恐怕也会做一样的事情吧。

他俩的相处模式可能比我身边所有人都要简单，空闲了就聚头，没空就各忙各的。

2009 年，阿嘉去乌鲁木齐做舞台，遇上新疆的暴力团伙打砸抢烧，受伤的人数以千计。我们不在那里，心却随着提到了嗓子眼。我们跟阿嘉失去了联系。林哲不顾身边人的反对，赶到乌鲁木齐，到处找人。阿嘉手机丢了，话也说不利索，没能马上找到人联系家里。

林哲找到他的时候，阿嘉和一群伤员挤在一块儿，还没找到人联系家里。阿嘉这个人不记电话号码，号码全在手机里，一丢，就什么都没了。

林哲把他骂了一通，阿嘉手上没纸、没笔、没手机，只能乖乖挨骂。

我不知道当时情况如何，只知道那次回来之后，阿嘉就搬去和林哲一起住了。就算各忙各的，他们也会偶尔互通有无。

林哲对我毫无防备，他说着过去的事情。他和阿嘉后来也分开过一次。当时他工作繁重，阿嘉也整天都在外面跑。当时林哲的妹妹结婚了，家里人把所有矛头都指向了林哲。林哲想过干脆带着阿嘉去见那些亲戚，可阿嘉不愿意。他宁可这样活在影子里，也不敢站出来受人非议。林哲很恼火，问他到底想怎么样。

阿嘉装聋作哑，林哲就更火了，干脆夺门而出。后来几天阿嘉发了一条消息说去外地工作了，林哲没回。就这样，他们半年多没联系。

那个时候林哲想过这就是结局了。很多人以为自己的感情会是飞鸟与河鱼，其实远远没那么激烈与矛盾，大多数感情可能更像是飞鸟与山丘，他会在她处停留歇脚，她会包容照顾，然后他会离开去寻觅下一个落脚的地方，而她也会迎来新的鸟兽。这才是大多数感情的最终归宿。林哲那段时间甚至换了号码，想过从头开始算了。直到有一天，林哲接了一个舞台服装的单子，再次遇到阿嘉。

林哲看到阿嘉，又是一身混搭，不修边幅，心头泛酸。他们互相问好，眼睛却始终没办法从对方身上移开。

那晚上他俩一起喝了酒，靠在沙发上聊了一宿。

“林哲，我想看你儿女绕膝，我想你好。”阿嘉在手机上写下这句话。

林哲回他说：“你不在，我怎么会好？”

接着阿嘉就哭了。

我听林哲说这些话，再看他的眉目，依旧是那么淡然。也许这就是阿嘉与他相处的常态。这是我所不能了解的事情。我有些后悔从未跟林哲单独聊过他们之间的事情。因为我觉得我是个很容易被感动的人，好比现在，我就被感动了。

我忽然有一股冲动，想抓住林哲的手冲到阿嘉面前，告诉他：“这么好的男人你为什么不要？”

如果小C在旁边，肯定会搭腔似的说：“对对对，你不要，咱们可就要了。”

阿嘉会骂我们吗？还是会一言不发？这个部分我就脑补不出来了。

我始终还是没那么做。回头想想，我一个外人，说再多又有什么用？即便如此，我还是不敢相信，这场旅行结束之后，这两个人就毫无关系了。因为这件事情，埃及的风物之于我，变得异样萧瑟。

我怕自己会做出什么不理智的事情，于是很快就跑去小C那一群人里。林哲没有拦着我，也没有再问我为什么心神不宁。

这样草草一天就过去了，晚饭时候阿嘉答应请我们吃冰激凌，我们在城里四下游走着，听着林哲给我们讲埃及见闻。

阿嘉买冰激凌的时候，我偶然看到他钱包里的照片，看着像是他，却是他父亲年轻时候的照片，穿着一身中山装，跟他一样挺拔。阿嘉真的很在乎他的父亲。

阿嘉的父亲虽然没有阿嘉这样的缺陷，但平日里也不是什么话多的人。家里大大小小的事情都是母亲做主，两人在一起之后，也是母亲付出得多些。阿嘉看在眼里，多有不满。母亲去世那年，这种不满达到了峰值，父亲也执拗，不愿意主动向阿嘉解释什么。

阿嘉后来才知道，那些年，母亲多次想和父亲离婚，她并非无怨无悔地为这个家倾尽全力，她是真的恨丈夫没有用，想要离开他却又怕自己一个人离开后没有生活能力。于是她郁郁寡欢，结果在算计着该怎么离婚才最划算的时候，不小心被车撞了。父亲觉得这件事情，最该受责备的还是自己，所以对于阿嘉的怒气，他也全盘忍受下来。

这些年阿嘉和父亲的关系有所缓和，但两个不爱说话的人，能怎么沟通？阿嘉隔三岔五会回家看看父亲，买些东西，大多数时间，两个人看着电视，依旧没什么交流。

阿嘉的父亲今年开春的时候因为脊椎方面的问题倒下了。阿嘉辞职回到杭州，父亲表面还在硬撑，阿嘉告诉他，自己已经辞职，以后回来杭州发展，一切都好。

说到此处，阿嘉能隐约看到父亲眼中露出的喜悦。

父亲不太喜形于色，很快就将神情收了回去，说："这样也好，阿嘉你也快三十岁了，如果可以的话，就早点定下来吧。"

阿嘉沉默不语。

父亲又加了一句："当然，你自己喜欢最重要。"

忤逆了父亲这么多年，阿嘉思前想后，现在他唯一能做的，可能就是离开林哲。

我们漫步在沙地上，时不时有沙子滑进我的鞋子。我扶着阿嘉的肩膀，倒光鞋子里的沙子，继续向前走。

"你真的想清楚了吗？"我问。

阿嘉摇摇头。有些事情，光靠想是想不清楚的。人在感情面前，是多么无力，好像真的寄蜉蝣于天地，渺沧海之一粟。

我没往下接茬，只是作为一个毫无干系的旁观者，为他觉得可惜。那个晚上我挣扎许久，从床上跳起来，想去屋外呼吸一下新鲜空气，还没走出两步，却看到林哲一个人在酒店的走廊上。他一个人穿着一件大大的罩衫，缓步走在幽静的走廊上。

他在想什么呢？

我想叫他的名字，却被自己的一股理性抑制住。我反复提醒自己，那是别人的事情，跟我没有半点关系。

隔天小C说阿嘉和林哲退房了。林哲走前帮我们一行人写好了攻略，弄得我们十分惭愧。他真的是一个很好的人。小C看着我，眼神里也都是紧张和不安，我想她应该也知道了阿嘉的打算。

这天其他人去游玩，我们两个则失魂落魄地游逛在埃及街头，直到下午。

“我得去找他们。”小C忽然说。

“你找他们有什么用啊？”我赶紧拉住小C。她这个人冲动易怒，说不定真的会跑去找到他们俩然后狠批一顿。

“可、可是……”

“可是什么啊？你觉得你能帮上忙吗？”

“至少得试试啊，这么好的人！”小C说着，眼眶里有泪水在打转。

也许她是对的，我忽然意识到，毕竟是一个这么好的人。

那天之后，林哲和阿嘉就离开了我们的旅行团。从埃及回来之后，我试图联系阿嘉，但他的电话不是关机就是无人接听，我没有林哲的电话号码，所以也没办法找到林哲。我安慰自己，也许故事会有一个别的什么结局。

大概是一年多以后，在另外一个朋友的婚礼上，我又见到了林哲。我是女方的朋友，他是男方的朋友。婚礼过半，我看到林哲在阳台上抽烟，于是走过去拍了拍他的肩膀。他看到我来，礼貌地掐灭了烟。

“阿嘉呢？”我像是面对着潘多拉的盒子一样，战战兢兢地问。

林哲却是笑了笑，没回答。

林哲告诉我，他后来带着阿嘉去了他小时候最喜欢的一片沙漠，那里人迹罕至，要租私人骆驼才能到。他看着夕阳一点点退去，阿嘉的面孔也随着余晖逐渐被染上金色。

他问阿嘉还记不记得自己在伤员堆里的场景，阿嘉点点头。

当时阿嘉裹着纱布，说话又不利索，一见到林哲，居然没有一句抱怨，而是笑了出来。林哲也不知道阿嘉为什么要笑。可能总归是：只要见到你，一切苦难都幻化成风。

在那片沙漠里，林哲等着阿嘉一个字一个字地说完他想说的话，然后点了点头。于是，所有的爱以及遗憾都留在了那片无人知晓的沙漠里面。

林哲告诉我，他们前往埃及之前，有一位老先生去他那里定做了一套老式的喜服，是按着林哲体形做的。林哲在阿嘉的钱包里见过阿嘉父亲的照片，再加上眉宇间的相似，很快就把他认出来了。但他不知道阿嘉父亲是怎么知道自己的所在的，也不知道他为什么要定做这样的一套喜服。总之，老先生现款付清之后再也没有来取过那套喜服。

“那位老先生走进我店里来的时候，我就想，阿嘉可能会走吧。”林哲对我说。

“其实我一直都知道，有一天，他可能会离开我。”

我知道也许有一天你会离开我，所以我才会那么肆无忌惮地爱你。我不怕飞蛾扑火，我怕抱憾终生。这也许就是林哲的想法，这也是为什么我们总觉得林哲那么美好的原因。

林哲跟我示意了一下，我点点头表示没关系，他这才又给自己点上了一支烟。他从什么时候开始抽烟的呢？我好像不记得他是抽烟的。但这也不算什么大事。

大厅里缓缓流泻出一首钢琴曲*For River*，这首冷门的曲子来自一个有点冷门的游戏，中文名叫《去月球》，是很久以前阿嘉推荐我玩的，林哲也玩过。那个游戏讲的是两个科学家走到一个将死之人的梦境里去，然后回到过去，对这个人的世界一窥究竟。

我和林哲伫立着，望着厅堂里热闹的景象。

我们生活里出现过的那个口齿不清的男孩，他终于还是要回到自己的世界里去，而我们可能永远无法跟他一道走了。

布拉格

•

这一生会说很多很多的谎

我们这一生会说很多很多的谎，但有一大部分，都是说给自己听的。

。

大迟是一个我很难描述的人，她留着一头长发，穿“Y-3”的衣服，背剑桥包，踩保时捷自行车，风风火火，永不停歇，但这还不是她的全部。

我和大迟都在伦敦念研究生，开始我并不认识她，也是因为小C和老海我才知道这个人。他们是麻友，专打上海麻将。老海专注诈和二十年，被大迟拖进厨房暴扁过不知多少次，从此结下深厚的友谊。

我跟大迟开始变得亲密，是因为受老海之托帮她从国内运了一副麻将过来。据说这是她的开运麻将，从此以后在伦敦麻将圈所向披靡，所以我也莫名其妙成了功臣。

大迟大我几岁，对年龄也从不避讳，她是工作了几年才重新念书的，所以比同学都大一些，但是因为亚洲人，显嫩，所以在学校里并不显得突兀。她除了上学还有一份稳定的兼职，公司很喜欢她，打算等她毕业就给她办工签。这是很多留学的孩子做梦都想要的东西，大迟却一点儿都不在乎。

她好像总是一副满不在乎的样子，衬得我们一个个都如狼似虎。

大迟在国内有一个男朋友，是个人高马大的帅哥，叫方威。方威经营一家外包视频公司，大迟以前工作的时候和他们是合作关系，所以一来二往就认识了。我经常跟他们一起出去吃饭，方威是个剥虾小能手，总能给大迟剥出一只又一只完美的虾仁，让我这手残羡慕嫉妒加敬仰。方威对大迟很好，大迟每次出差回来，无论几点方威都会赶到机场接驾。他也愿意空出时间陪大迟一起去看电影、徒步，不会让感情趋于平淡。

方威也不是那么完美，他二十五岁的时候离过婚，还有一个孩子，现在由前妻抚养，方威偶尔会去探望并且按时支付抚养费。

大迟觉得没什么，温柔多金、英俊潇洒、冷艳高贵、纯洁善良，谁能都占了啊？况且她自己也不是什么红唇皓齿、肤如凝脂的富家千金，日子嘛，就是凑合着过呗。大迟对自己的定位清晰，所以至今为止，她都活得明白。这是我比较喜欢她的地方。

事实上，大迟可能比她自己形容的要好一些。至少她时常健身，保持身材火辣，时常看书，一直能言善辩，这都是硬实力。我一直以为大迟会在她工作的那家上市公司升官发财，可能再过个一两年，就会和方威结婚。结果呢，方威倒是真的结婚了，新娘却不是大迟。

那天，方威跟大迟说了一万句抱歉。因为他打算和他前妻复合。大迟跟我说，她从来不知道自己跟方威会以这种方式结束。

一天，大迟照常下班，方威的父母和他前妻的父母一起找到她，把她拦在公司门口。四位老人声泪俱下，差点给她跪下，求她放过方威。任大迟再铁石心肠，也经受不住这种毫无道德可言的道德绑架。大迟找到方威，打算与他商量这件事情。方威却一言不发，沉吟许久，最终还是提出了分手的请求。大约是半年前吧，方威见孩子的次数逐渐频繁，两家老人有意让他们复婚，于是软磨硬泡，在方威那儿不断劝导。至于双方父母是如何做的工作，大迟不会感兴趣。

方威的妻子是外乡人，长得清秀，人品也不差，倒也应了那句“女子无才便是德”。没有了方威，妻子日夜以泪洗面，方威最终还是舍不得。

方威提出了分手。大迟说，方威你不要后悔。方威缄默，也许是已经开始有些后悔，但我们外人是猜不透的。

小 C 担心大迟，于是跑去慰问，刚开门，就闻到重重的酒气。

“没事吧？”小 C 还是礼节性地问。

“好着呢。”大迟也是礼节性地回。

大迟和方威分手之后，立刻跑去申请了国外的大学。她说她早想出去看看了，想看福贝克街，想看圣保罗大教堂，想看穿梭在海德公园的人群。于是她就辞掉了工作跑到了伦敦。刚到伦敦不久，一哥们儿从德国给她寄了一辆自行车，大迟一拆，居然是保时捷 RS 系的。接着她便收到了方威的电子邮件，邮件里说：我不能陪你骑行欧洲了，希望有更好的人陪你。

大迟可以像电视剧里那样，帅气地丢了那辆车子，但毕竟好几万的车，她下不了手，而且也喜欢，于是大迟便收下了车子。

当时大迟手上就三十万存款，父母给的加上自己这些年攒的钱，所以要靠打工来生活。好在她能力不差，很快就被一家设计公司看上，做了自由设计师。

一开始我想大迟会继续跑来念研究生，有一部分原因是方威，但后来我见她如此潇洒地生活着，却觉得，她没有来伦敦，才是因为方威。

大迟工作的公司是两位老板合作开的，英国老板主外，中国老板主内，分工合作生意倒也不错。中国老板看重大迟的工作能力，所以会多派一些工作给她。

大迟总是惹眼的，她出入的很多场合，都会有男生暗暗留意她。而她呢，当真是万花丛中过，不带一点红。

我劝大迟："可以开始下一段感情了。"

大迟反问我说："你当感情是买菜吗？家里菜吃完了，也是时候去菜场买新鲜菜了？"

她总是这么才思敏捷，我自叹不如。

可终究，大迟还是被人缠上了，对象是比她小八岁的老板的儿子。男孩中文名叫程兴鹏，我们喜欢叫他鹏鹏以示亲切。鹏鹏说他是真心喜欢大迟，他从来没见过一姑娘能把一辆自行车骑成哈雷摩托那么帅，他作为一个男人，真是迫不及待地想去那样骑一骑。

鹏鹏是个标准的BBC，擅长喝酒、台球、马术、冷笑话。鹏鹏刚从UCL（伦敦大学）毕业，不打算继续念硕士，所以先在家里公司帮忙。据说他第一天上班就遇上了风驰电掣般的大迟，从此鹏鹏的心也跟着大迟一块儿风驰电掣去了。

鹏鹏常来我们学联玩，所以他的大名我也是略有耳闻。鹏鹏这个人有些轻浮，圈子里姐姐妹妹的一大堆，更别说是学校里边。

我开始有点担心大迟，但细想，其实也没什么可担心的，大迟身边，鹏鹏这种狂蜂浪蝶还少吗？最终结果也只不过是飞蛾扑火。

鹏鹏对大迟的追求有目共睹，大迟不理他，他也不怕，甚至为了大迟去学了上海麻将，成了麻将圈的中坚力量。大迟赶作品，鹏鹏就一旁蹲着端茶倒水，这可是别的姐姐妹妹从没享受过的待遇了。

即便如此，我也一直把鹏鹏跟大迟的事情当作一个笑话看。我没想过哪天鹏鹏会真的追到大迟。但我没想过的事情多了，地震、海啸、天津好好的市区会爆炸，这种事情我一概没想过。

老迟说："如果没有去布拉格，应该也就不会有这档子事。"

老迟是用一种追忆似水年华的语调跟我讲的，总感觉她对鹏鹏并不走心。

有一回大迟被派去布拉格出差，她一个人急匆匆地在查理大桥上走着，根本没心情看沿途的风景。她赶着去见一个客户，也没关注身边拥挤的人群，结果她的钱包被偷了。淡定地见完客户后，大迟不知道如何是好，于是去警局报完警又回到桥上，呆呆地坐了一个下午。她心里思忖着：酒店和车票钱倒是结清了，只是吃饭的钱该怎么办？跟这桥头的艺术家一块儿卖艺吗？正想着，鹏鹏突然出现在她的面前。

"没关系，你还有我呢。"鹏鹏说。

大迟不知道鹏鹏什么时候也来了捷克，鹏鹏说想来给她个惊喜，结果她真是又惊又喜。他悄悄地跟着她去警局报警，又看她傻傻地坐了一个下午。鹏鹏还从没见过有人丢了钱还能这么悠闲的。鹏鹏掏出几百欧元放到新给老迟买的钱包里，老迟说我回头还你，鹏鹏只笑不说话。

他是不稀罕这些钱的，他本来就跟大迟不一样，不用为了学费拼死拼活地工作，也不用担心自己的英语够不够应付客户。他生而没有这些庸俗的烦恼，因而他可以活得洒脱自如。

第二天，鹏鹏拉着大迟去卡夫卡博物馆。鹏鹏知道大迟喜欢文学，虽然自己并不懂，但陪陪她倒也不是难事。长篇大迟也记不全内容，于是就给他讲了卡夫卡写的短篇《骑桶者》和《饥饿艺术家》。

“真好玩。原来文学这么好玩啊？”鹏鹏喜出望外，对大迟满口称赞。

大迟已经许久没给人讲过故事了。她以前讲得也不多，方威看的书比她还多，大多数时间都是方威讲给她听。

从布拉格回来之后，鹏鹏依旧对大迟殷勤不改，大迟却不觉得他那是做作。鹏鹏原本就是这样一个与人为善的人，即便大迟不喜欢鹏鹏，却也不讨厌身边有个这样的小弟弟。

2012年岁末，鹏鹏的家里人回国拜年，鹏鹏没去，大迟也没回国。于是大迟和鹏鹏两个人一起过的年。他们一起去中国城接财神，有说有笑。

鹏鹏说要娶大迟，大迟说你滚滚滚。鹏鹏就真的依言趴到附近墙上去滚了几圈。那晚，两个人沿着泰晤士河一直走了一个晚上，说了很多话。清晨来临的时候，大迟不禁哼起那首老歌：“我不要你的承诺，不要你的永远。”

鹏鹏说真好听，他没听过这首歌，写歌的人一定很无奈。

大迟笑了。

写歌的人是不是无奈她不知道，但听歌的人，各自有各自的无奈。大迟第一次遇到方威，就是她在 KTV 里唱了这首歌，当时惊艳四座，都说她唱得好。那会儿还没有微信，方威悄悄发了一条短信给她，告诉她：姑娘，你歌唱得真好。

2012 年情人节那天，鹏鹏在“脸书”上发了一条个人状态，写的是“我跟大迟恋爱了”。于是他们俩正式确认了恋爱关系。我以为他俩只是寂寞遇上寂寞，像很多留学生那样，找个人陪伴罢了，却没想到真的搞在了一起。

跟鹏鹏在一起之后，大迟理所应当地开始学做饭。以前在国内，总是方威做，后来念书了，学校有食堂，总是饿不死，但现在有个小自己八岁的男朋友，她好像总觉得背负起了什么似的。鹏鹏喜欢大迟风驰电掣，也喜欢大迟温婉贤淑。我们常常笑话鹏鹏，只要是大迟做的饭，就算是毒药他都肯吃。

那时候他俩真的很好，好到让人羡慕。

鹏鹏还是总有事没事就问大迟：“哎，你嫁给我好不好？”

大迟总是回答：“你个小屁孩，连个正经工作都没有也敢娶我？”

我说大迟也太不浪漫了，哪怕演戏也好，给人家个台阶下嘛。

大迟反问我："演戏？演给谁看？"

对，因为这是他们两个的谈话，所以没有观众，不用在乎鹏鹏会不会丢脸，也不用在乎大迟是不是显得特别绝情。我不喜欢大迟的这种机智，总显得我特别蠢。其实我知道，鹏鹏的求婚不是没有理由的，因为大迟一直没拿工签，一旦学生签到期之后就得回国，除非嫁给鹏鹏，否则他们可能就要面对异地恋的痛苦。

可大迟不答应，鹏鹏也没办法。

大迟不是不喜欢鹏鹏，她肯为他学做饭，肯为他搬到自己不喜欢的区域去住，很多时候，在这段感情里大迟才是迁就的那个。但她不能就这么嘻嘻哈哈地答应一个人的求婚，她虽然没结过婚，却知道婚姻是怎么回事，婚姻有关家庭，也有关父母。她在这个问题上始终没能像以往那样保持一种"事不关己"的姿态。

鹏鹏离开他父亲的公司去了另一家金融公司上班，因为他原本学的就是这个，所以做起来得心应手。大迟看着鹏鹏一点点变得成熟，不由得有种欣慰。

那一年，伦敦奥运之前发生了暴动。鹏鹏劝大迟少出门，但是大迟毕竟是要工作的人，也不能整天宅在家里。大迟骑着车子路过哈肯尼中心的时候，果然见到一群捣乱的哥们儿在那儿大声叫嚣、烧东西，大迟想骑得快一些，谁知道不小心摔了一跤。这下大迟是真的吓到了，赶紧掏出电话打给鹏鹏。鹏鹏想也没想就夺门而出，冲到暴动最中心，把她抱了回来。

那天鹏鹏头一回骂大迟。大迟知道是自己执拗，于是也没回嘴，任由鹏鹏教育着，脑子里却是前所未有的一片空白。她知道，就在那个紧要关头，她想到的人，只有鹏鹏。

“别再吓我了好吗？”鹏鹏握住她的手。

大迟点点头。

“我们不是说好了，要一直在一起的吗？”

大迟继续点头。她不记得自己说过这样的话，但从那天开始，她就真的是这么希望的了。

大迟的自行车报废了，鹏鹏想给她买辆新的，大迟说不用。从那以后大迟再也不骑车，一直坐地铁上班、上学，鹏鹏也没硬给她买，而是偷偷地给她的牡蛎卡包了年。

大迟知道的时候，有些为难，因为包年是退不了卡的。而伦敦的地铁包年费实在贵得离谱。大迟心疼鹏鹏的钱，也明白鹏鹏的好意，一下子不知道该说什么好，只是在他身边嘀咕：“我其实用不了那么久……”

“用得了。”鹏鹏执拗地说。

其实这点鹏鹏和大迟很像，他俩都执着、都长情，这是这个浮华的年代之下特别珍贵的东西。我看着他们俩的感情越来越稳定，甚至比当时大迟和方威在一起的时候都要稳定。相差八岁的距离似乎一点都不算事，也从未被这两人谈起。

大半年后，鹏鹏面试去了一家位于金丝雀码头的金融公司，变得很忙，没时间再给大迟端茶倒水。大迟倒觉得这样的忙碌很适合鹏鹏。同时鹏鹏的个性也收敛了许多，不再有那些个姐姐妹妹，晚上喝酒也都是跟几个男同事一块儿。鹏鹏不再是小屁孩了，有了一份正经工作，前景也还算不错，却再没有向大迟提起过结婚的事。

那之后，我毕业回国，大迟的签证时间也已经告急。我不知道她是怎么想的，但总不会打算非法居留吧？

显然不会。大迟不是那样的人。

鹏鹏好几次跟大迟提了一个古怪的要求，他说自己想要孩子。可鹏鹏才二十三岁，大迟觉得他这也太着急了。而他说要孩子却不提结婚，大迟不知道鹏鹏的意思，于是来问我。

“来，爱情专家，你给我参谋参谋。”大迟对我总是这么冷嘲热讽的。

我想了半天，愣是没有答案，最后只得故作高深地说：“你想想，要孩子和结婚是不是存在着某种因果关系呢？”

废话。我以为大迟又要反驳，结果这次大迟没有反问我什么。

接着又过了一个多月，大迟被鹏鹏他爸，也就是程总叫到了办公室，不用说也知道是要谈谈她和鹏鹏的事情。

大迟和鹏鹏在一起一年多，程总一直以为这两个人只是玩玩，鹏鹏和大迟在一起了之后也算是利大于弊，所以也没特意阻拦。大迟的工作能力他是欣赏的，但他从没想过要一个比自己儿子大八岁的儿媳妇儿。其实他一直在等大迟主动找自己谈，毕竟大迟的签证到期时间越来越近，而大迟却丝毫不为所动。最后是程总自己憋不住，找到大迟来一探究竟。

“你也知道，我们家就这一个孩子。”程总说，也是一脸无奈。鹏鹏一家虽然已经移民到英国，但他家里守旧，对女孩的生辰八字都有讲究，况且大迟比鹏鹏大整整八岁，听着就像是个笑话。

程总没像电影里那样给大迟开一张空白支票。大家做生意不容易，不可能这么糟蹋钱。程总开的条件是：给大迟一个工签。签证拿到，大迟就要跟鹏鹏分手。他其实并不了解大迟，她根本不可能为了一纸签证去低声下气。所以大迟只是摇了摇头，说了声“谢谢”。

程总并不生气，他也知道，大迟拒绝了自己的这个要求，也就注定了与鹏鹏的分别。他不信大迟还能把鹏鹏拐回中国去。

过了不久，大迟开始意识到鹏鹏的变化。她猜测家里可能是断了鹏鹏的粮。鹏鹏一开始照旧生活，不觉得有什么，后来才发现，原来他那点工资租个房吃个大餐是没问题，但要负担他已经习惯了的奢侈生活，还是不行。鹏鹏开始学着省吃俭用，下班之后立刻回家。大迟看得出这些日子鹏鹏的改变。

鹏鹏说打算换个地方，他们住的地方因为是金融区所以租金不菲，虽然是两个人一起承担，也显得有些吃力。大迟也帮忙找新房子，但总是找不到合适的，最后决定还是不搬，转而从其他方面节省。

那段时间鹏鹏心力交瘁，大迟看在眼里。大迟见识过长辈的无所不用其极，她觉得特别累，特别折腾。过了不久，大迟接受了鹏鹏父亲的条件，拿到了工签。鹏鹏的信用卡也重新开了。大迟按照约定从一起住的房子里搬出去，临走前，鹏鹏一口一口地猛吸烟，说："大迟是我看错你了。"

大迟笑笑，一句话没说。

很多事情，因为我们年轻，所以看不通透，但也正因为年轻，所以才有勇气去做。大迟虽然拿了工签，但她其实根本没用。她搬离了鹏鹏的住所，很快便回国了。大迟回国之后习惯性地没通知任何人，一个人打车回家，洗澡睡觉，睡了整整二十个小时。

大迟后来跟我讲，换作是原来，方威总是会在出口举着面大旗子，一眼就能望见。直到出门的一刹那，大迟终于还是意识到，时间已经过去太久。

2013 年，大迟去了上海工作，因为工作的关系我基本一个月要去一到两趟上海，所以我就常常去找她吃饭，有的时候老海也会一起。大迟戒掉了麻将，全身心放在工作上。这让老海很惊诧，一个人得经历了什么才能丧心病狂到放弃麻将，大迟笑笑不语。

但我知道，大迟的丧心病狂，何止对于麻将。她现在的公司，满是各种八块腹肌小鲜肉的实习生，她却依旧是灭绝师太的姿态。

"大迟你就不怕吗？"毕竟长江后浪推前浪，前浪死在沙滩上。

大迟哼哼了一下，她不怕老，她不怕在满是 90 后甚至 00 后的环境下工作，她对她的年纪坦诚，对人生坦诚。老其实并不可怕，虽然身体可能不利索，但银发和皱纹其实也很酷。

长久以来，她怕的是来不及跟喜欢的人过一段疯狂的岁月，来不及牵着喜欢的人的手去捷克。她怕来不及忘掉一段爱情，来不及展开下一段感情。

“所以我逃离了伦敦，逃离了鹏鹏。”

而她的这些话，我当时并未全懂，事到如今，我渐渐跨入三十岁的年纪，终于也开始懂了。

大迟再一次遇见鹏鹏是在 2015 年，鹏鹏出差去布拉格，刚好大迟休假，跑去布拉格度假。他们不知道彼此在同一个城市。

大迟喜欢在旧城广场的喷泉旁边晒太阳，她可以坐大半天。她看到一个人影从身边闪过，猛地回头，见到一个蓄胡子的男生，正想要拍她的肩。

“哎？”大迟诧异地看着他。她没想过会遇见他。

“哎什么哎。”男生没好气地打断了大迟的疑问句式。

鹏鹏胖了，但还是保持着那个时候的帅气神情，有的人，无论外观如何改变，他的气质是如何都不会变的。鹏鹏笑着去街边买了两杯啤酒过来，是大迟喜欢的黑啤。两人相谈甚欢，直到夕阳西下。

鹏鹏是一年前结婚的，因为大迟回国后大家断了联系，所以大迟并不知道这件事情。鹏鹏说当时奶奶病了，急着想看他结婚，于是他也就大义凛然地娶了一个算过八字的浙江女孩。女孩人不错，奶奶也很高兴，病情暂时稳定下来。

鹏鹏告诉大迟，当年有个很幼稚的想法，要是大迟能怀上鹏鹏的孩子，他们或许可以像别人那样先上车后补票，用孩子来跟父亲谈结婚的条件。鹏鹏说，婚姻原来跟他想的一点都不一样，不会因为爱情而变得幸福，也不会因为不爱而变得不幸。

大迟觉得鹏鹏是真的长大了。大迟跟我说，我当年真的一语成谶，但我们谁都没想到鹏鹏的思维回路是这样的。我为他俩觉得惋惜，大迟却依然是一副无所谓的样子。既然是爱过的，总应该心怀感激。无论结果如何，都是自己一手造成的结果。

大迟在布拉格待了三天，因为公司有事要她回去，她便提早结束了旅行。鹏鹏执意要送她，大迟说不用。他陪着她在查理大桥上胡乱走着，从旧城区走到新城区，再从新城区走到旧城区。就像那个晚上，他们在泰晤士河边无休止地漫步一样。

从布拉格回来之后，大迟还是像以前那么忙，她买了新的自行车，几千块的捷安特，她说如果买太贵的锁在楼下怕被偷。她还是活得那么洒脱，让我羡慕。大迟跟我说，人啊，生而注定孤独，何苦执着。

我问大迟最后走的时候都跟鹏鹏说了什么，大迟告诉我他们的对话。

大迟对鹏鹏说：“我不爱你了。”

鹏鹏说：“我也是。”

大迟说：“咱们做朋友吧？”

鹏鹏说：“好啊。”

我们这一生会说很多很多的谎，但有一大部分，都是说给自己听的。

三
鹰

•

我们都会变成不一样的人

我们都会变成不一样的人，爱过、错过，然后各自安好地过完这一生。

。

小 C 是大三那年去日本留学的，我和老海送了她大半个月，每晚泡在 KTV，把大学城店里的歌都学完了，才恋恋不舍地把她送走。我们没日没夜地陪着她，同时我们也都知道，小 C 现在最希望陪在她身边的人，其实是阿捌。

阿捌是小 C 的男朋友，也是我们之中最后一个知道小 C 要去日本的。因为小 C 要去日本，所以他俩和平分手，分手那天晚上我和老海作为见证人，见证他俩喝完了杯中所有的酒，从此一刀两断、各奔前程。我不懂这种仪式感的分手，换作是我，见一面、谈一次、哭一场，就是分手的所有步骤。

阿捌是一个教科书一般的学霸，在刚知道这个人的时候，我对他的感觉大多是崇拜和不可思议。阿捌拿国家奖学金，带着学校数学小组去美国赢得了好几个奖杯回来。他平时忙得很，很少见他来上课，是个活在校园传说里的男人。

我们都很好奇小 C 是怎么和阿捌勾搭上的，小 C 告诉我们她是在食堂认识的阿捌。刚入学的时候，她是一吃货，看学校食堂饭菜那么便宜就猛打八菜一汤，坐下来才发现打多了。那时她对面坐着的男生面前只有一份饭和一份蔬菜，小 C 二话没说邀请他一起吃，这个男生就是阿捌。

学校的菜真的很便宜，八个菜也就四十几块钱，四十几块换了个男朋友，这让我们简直嫉妒到牙痒。

因为小 C，我们和阿捌也熟络起来。我们知道阿捌出生在浙江一个农村，我们一群人连正经农村都没有去过，对于阿捌，我们总是充满各种好奇。阿捌是独子，他很小就开始半工半读，至今为止的学费都是靠着奖学金得来的。我们知道他家里的情况之后，对他更加崇拜。同时我们也心疼他，于是每次活动我们都会自发地多付一些，这样他就可以少付一些。我们也担心过，小C这样一个被物质的福尔马林浸泡着长大的女孩，会不会为了钱抛弃阿捌，想到这儿，我们就更心疼阿捌。

“我不爱钱，我爱他。”小C说。而阿捌呢，从小生活在保守的家庭，是个听到“我爱你”都会脸红的主儿，所以阿捌从来没有说过爱她。两个毫不相关的人，就这样好了两年多，不知道算不算是个奇迹。但是我作为他们爱情的见证人，同时也是分手的见证人，我知道这段爱情其实并没有太多的曲折，除了结局，几乎是一帆风顺。前两天我看日本一个综艺节目，当时某位谐星说：小学那几年好像有二十年那么长，然后你到了二十岁，呼一下就过了，到了三十岁，好像才过了五天，你就四十了。如他所言，我的二十岁好像才刚刚开始，却已经快要结束了。我已经从大学毕业那么多年，而小C和阿捌的故事，好像还是昨天的事情。

再次见到小C已经是我毕业之后回国工作的时候，那时候我休了年假去日本找她，她还是那么潇洒，对我说：“只要你来，吃住姐包。”

小C住在东京周边的一座叫三鹰的小城，坐快线很快就能到。车站附近贴满了各式各样的手绘，彰显着这座小城的情怀。小C

在车站等我，穿着一身素色连衣长裙，戴着一顶草编帽，像一个土生土长的当地居民似的。

我觉得小 C 彻底变了，小 C 笑，说你也变了。最大的变化是讲话的样子，原来那么咄咄逼人，现在连脏话都不讲了。可惜话不脏了，心还脏着。

我跟着小 C 漫步在这座安静的小城，没有太多想说的，我只想看看她，看一个鲜活的她。有的东西就是这样，无论网络如何发达，我还是会看纸质的书，还是想见活生生的人。

我们来到一条河道附近，小 C 停了下来，对我说："这个地方叫玉川上水，是太宰治自杀的地方。"

"写《人间失格》的太宰治？"

"对。他写完那本书就和爱人一起自杀了。"

小 C 带着我走过这条不怎么宽敞的河道。她告诉我在三鹰禅林寺供奉着他的墓碑，每年夏天都会举办所谓的"樱桃忌"，时间就定在太宰治尸体被发现的那一天，那天也是他三十九岁生日。

"我也想过，如果死掉，会不会就没有那么多烦恼了。"小 C 看着水波，这样喃喃自语。

再次见到小 C 的时候她还是如同以往那样朝气蓬勃，这让我几乎忘记了这些年来她所经历的事情。

小 C 大学毕业之后一直没找到工作，又不想回国，当时一度萌生过极端的念头。最终她觉得自己还是不适合自杀，她是那么高调的一个人，连摔一跤都能写个长微博的人，她没法就这么孤单地了结了自己的一生。我知道，她会有轻生的念头，其实很大一部分原因是为了阿捌。但我们谁都没提起这茬，希望事情就此过去。

后来小C放弃了金融行业的工作，转而找了一份插画兼职工作，也因为这样，通过曲线救国，最后成功拿到了工签。现在她受聘于东京的一家插画公司，大多数时间都是在画画。生活在三鹰市，偶尔去东京开会，这就是她现在的生活状态。

回到小C家，她做饭，我帮忙打扫。

我们之间明明有很多话要讲，但最后，话题都会变成阿捌，好像他是我们之间唯一残存的记忆交集。

阿捌的名字里其实没有“捌”，他叫孙敬之，是个挺秀气的名字，也符合他的气场。阿捌以前会做高等数学助教，也会帮老师代课，有一回，他讲课的时候在黑板上写无限符号，结果大家眼看他画了两个圈，哄堂大笑。这样一个数学天才，却不会写“∞”符号，只会画两个圈，看起来就是一个横着的“8”。这件事情就这么在学校里宣扬开了，上了学校论坛，再加上是金融学院，为了表示严肃，还用了大写的“捌”，于是“阿捌”这个绰号就被这么定了下来。

阿捌有点难过，因为他从小学到高中的数学大多数是自学的，他那个小镇子里的数学老师也从来没有指出过这个问题，于是就成了一个“缺点”一直延续下来。他没想到会因此引起这种轩然大波。小C却觉得没什么，她说这叫反差萌啊，你们懂不懂，懂不懂啊。

阿捌当然不懂，却不再那么难过，因为他的女朋友理解他。

小C就是这样对阿捌的一切都维护着、喜欢着。在我和小C的共同记忆中，他们只吵过三次架。小C和阿捌第一次吵架是因为数学竞赛的奖金。当时是小C的生日，我们一群人跑到大学城的饭店里胡吃海喝，途中阿捌接到辅导员的电话要去领奖金，小C说你明天再去吧，奖金又不会跑。阿捌却不想让辅导员等他，对小C说这是大事情，小C不乐意了。那些日子阿捌忙着比赛根本没时间陪她，现在她生日，阿捌还为了这点钱丢下她，小C是个好面子的人，一定要争这口气，最后居然一怒之下把阿捌的获奖证书撕了。

“奖金才多少钱？我给你好了吧？”小C说。语气里充满委屈和愤怒。

我们想劝来着，但阿捌没说话，把证书碎片捡起来，离开了小饭店。

后来我和老海就两边劝，但不见起色。我们偶然从阿捌那里得知，阿捌每次放假都会把自己拿的那些证书给他妈。阿捌的妈妈对阿捌从来没有过太多要求，没要他出人头地，也没要他赚钱补贴家里，只是习惯把阿捌所有的获奖证书都挂在家里的墙上，哪怕那些英文她一个也看不懂，她却比什么都要开心。

我们当然没有这么多奖状和证书可以带回家去，所以也没有这种执拗，但是我们能大致体会那种母亲的期冀。也许一张破证书对我们而言不算什么，但对阿捌而言是一份孝心。后来他俩冷战了一个月后，我们把这事情跟小C说了，小C也意识到自己的错，然后主动跟阿捌道了歉，于是他们和好了。

“别说他了，说说你吧。”我故意岔开话题。

“我挺好的。”小C说。她这一路虽然坎坷不少，但在大是大非的问题上总是很顺遂。

我知道小C是个乐天派，她不会把最苦的日子拿出来说。事实上，小C刚到东京的时候，连话都不敢多说，别看她平时一副厚脸皮又事儿精的个性，说到底还是个姑娘。

有天晚上，小C聚会完回家，十一点多，这时候她发现身后有个人一直跟着她，一路跟着，小C越走越快，最终甩掉了那个人。她回到家里就哭了，打通了阿捌的电话，阿捌没见过这个国际电话，但他很聪明，知道0081是日本来的电话，立刻接起电话，听到对方没有声音，干脆直接问：“小C，你怎么了？”

小C越哭越大声，却什么都没有说。

过了一阵子，小C收到了一箱她爱吃的零食，小C知道是阿捌寄的，于是又打了一个电话过去道谢，结果是个女孩子接的电话。小C一听，立刻挂了电话。这次，她又什么都没讲。

这样，小C过完了在日本的第一年。

“哎，我怎么又绕回去了。”小C拍了拍脑门，一手的面粉正好沾在她的额头。

我笑她傻，又忍不住插话："你什么时候打的电话？"

"忘了，你们大四的时候吧。"

"那个时候，阿捌换手机了。"我和阿捌虽然不熟，可总算是相识一场，他那时候去美国比赛，手机停了好几个月，回来没想到号码就被移动卖掉了，所以他才换了一个。其实他给小C寄的箱子上写有他的新号码，只是小C这个破视力哪会注意到这些。

小C有些惊讶地看着我，但除此以外，她还能干什么呢？如果是以前，她肯定铆足全力冲到阿捌身边，责问他为什么换了号码不直接告诉她。但现在的她不会了，因为小C早就没了这样唐突的权利，而阿捌也不再是那个能被她随便欺负的软柿子了。

时间在走，它会让我们变成不一样的人，无论我们愿不愿意承认。

"三鹰这个地方好。"我对小C说。

这座城市麻雀虽小，五脏俱全，还有我心心念念的宫崎骏美术馆。小C帮我们提早买好票，按照预定时间排队入馆，看完一场电影，我和小C一起走到楼上的红猪餐厅吃饭。这里的食物都是动画里的菜品。

"还没我做的好吃。"小C颇有微词。

"你就吹吧。"

小 C 嘟囔着。

亏她说得出口，她来日本之前根本不会做饭，连电饭煲都不会用。

小 C 和阿捌第二次吵架就是因为吃饭。当时放寒假，阿捌因为要赶论文过年没有回家，小 C 看他一个人就让他来自己家里做客，小 C 父母都是通情达理的人，也都欢迎，阿捌却不肯去，打死也不说原因。然后两人就陷入了冷战。

当时小 C 来找我，跟我说："阿紫，我真不知道他想怎么样。"

"那你知道你自己想怎么样吗？"我问。

"我只想要跟他在一起。"小 C 说，语气毅然决然、斩钉截铁。

后来小 C 自己回家过年了，还没过完十五就回校，住在我在学校外面租的房子里，开学后也一直住着。阿捌找不到她，就来我租的房子里面，看我们俩正在煮泡面，一时无语。

阿捌走到我们面前，收起了泡面，嘱咐我们："别吃了，我给你们做饭。"

那天是阿捌给我俩做的饭。他跑了一趟超市，带回来一堆食材，接着吭哧吭哧在厨房忙活半天，香气飘散到整个屋子。我和小 C 差点互相把彼此吃了。

阿捌做了糖醋里脊、清蒸鲈鱼、油焖笋，一顿吃下来，小 C 啥怨气都没了，乖乖地跟着阿捌回了学校。

那件事情之后，我对阿捌的敬仰之情又多了几分。我当时觉得这两个人真是一个茶壶一个盖，天生一对。要是他们真的这样一直好下去，我蹭饭的技能值得稍微培养一下。

我脑子里回忆着过去，跟在小C身后离开了美术馆。小C又带我去一个她常去的漫画书店，那是一个特别宽敞的地下室，我们窝着，待了很久，把之前我想看但一直没看的书都打包带走了。

我问小C："你还记得吗？以前说毕业一起开个漫画店。"

小C说："当然记得。"我们当时合计着开个漫画店，她收钱我看场子，店的后面直接是个小公寓，是我们合租的，阿捌可能会去社科院工作，他每天下班回来都能看到如花似玉的小C和一身正气的我。

"滚滚滚滚滚。你才一身正气。"我骂她不要脸，她哈哈大笑。是啊，我们计划了那么多，结果现在中国大街上连小书店都几乎全军覆没。时间总是流得湍急，不给我们喘气的机会。

他们最后一次吵架是因为小C家里人决定送她去日本留学。

我和老海早就知道这件事情，想要找个机会跟阿捌商量商量，小C却一直有意瞒着阿捌，我们不知道她的计划是什么，但肯定是一个屎一样的计划。因为这个计划让阿捌很难过，小C更难过，并且没有解决任何问题。

那天他们并不是真的打算分手，只是小C说想当着我们的面和阿捌谈谈，阿捌同意了。我们一群人去了学校旁边小饭馆的包厢，我们三个喝了很多，阿捌一口没喝，认真地问小C："你一定要走吗？”

小C说：“是的。”但她毕业就立刻回国，所以她希望阿捌等她。

阿捌没说话，小C就说：“那你再想想，想好告诉我。”

“不用想了。就这样吧。”阿捌说。

小C顿时出离愤怒，忘了自己才是要离开的那个，大声斥责起来。我们怕她又要撕东西，于是齐齐挡在阿捌身前打算保护他。结果小C连我和老海都骂了进去。

最后阿捌说：“小C，我后悔遇见你。”

我们全愣住了。阿捌和我们不一样，他平日里总是善言善语，会说出这样的话实在让我们感到意外。我不知道他的用意何在，我当时有一种错觉，觉得阿捌对这段感情丝毫没有执着，他可能没有那么爱小C。

小C被他这句话气疯了，说：“好，你喝完这一杯我跟你一刀两断。”

阿捌把酒杯里的百威一饮而尽。

我们都知道，阿捌不会喝酒，并且是一杯倒。

我看着阿捌摇晃的身影消失在视线之外，这一切都好像还是昨天的事情。

我看着小C托运完一堆行李，看着她登机，她下飞机给我报平安，她说日本的日子好辛苦，她活不下去了，这一切的一切都好像还是昨天的事情。

第二次听小C说想一死了之的时候，我试图劝解，但我没有经历过她的问题，我只能跟她说：“小C啊，有一天你会发现，我们的人生是用烦恼编织起来的密密麻麻的网。有的时候，你会从网的里头掉出来，但你意识到这样不行，于是又削尖脑袋钻回到那张巨大的网里面。这个过程听起来很多余吧，但又很必要，它让你知道回来这张网里的重要性，也让你看到网的外头，可能是欣欣向荣，也可能不过如此。”

“如果你觉得死能解决问题，那其实是太把网外边儿的东西当回事儿了，庸人自扰。”

中间有一年小C回国过年，她碰巧遇见阿捌，他在小C新家附近的银行上班，做理财经理。阿捌变得很帅，西装领带特别适合他。小C手上有三十几万存款，她想也没想就存到了阿捌所在的支行。

阿捌送她到银行门口，问她有没有时间一起吃个晚饭。小C同意了。

席间小C讲了很多日本的奇闻趣事，而阿捌毕业之后在老师的推荐下直接进了银行，工作倒是顺利，但除了顺利之外再也没有别的。那时候小C面临回国的抉择，矛盾又纠结，阿捌却给不出任何意见。换作是以前，阿捌总是我们的头号咨询对象，他懂得太多了，任何一道高等数学题，他都能有三种以上解法，他也总能不厌其烦地讲解。

而现在，小C面对的东西，是阿捌所陌生的。他没有自信给予她任何建议，所以他沉默。

阿捌曾经承载着我们的憧憬和赞誉。只是这段辉煌没能维持下去。当我们离开了学校，一切又回归到我们的家庭、我们的社会背景。小 C 能用阿捌买一辆车的价钱去买一只包。她想去的地方阿捌只会在地理书上看到。这样大的鸿沟该用什么填补？我不知道。

“其实我想过留在中国。”小 C 说，“只要他跟我说留下，我就会留下的。像《海角七号》里范逸臣那样。”

“但他连一句话都说不出口。”小 C 大大地叹了一口气。我知道她在回想一些事情，她在想青葱岁月里那个白衫少年，单凭一支笔利索地解开所有疑难。

这晚，我和小 C 喝得不省人事。其实我胃溃疡前阵子才痊愈，但见到她，我脑子里再也没有那些狗屁养生之道，只想痛痛快快一把。人把这种情况称为虚无主义，说是宣扬及时行乐，缺乏长期思考，不可取。你妹的虚无主义。

这时候有人从玄关进来，是一个穿着棉麻上衣和牛仔裤的男子，面相和善，人高马大。

这是小 C 的男朋友。我在照片里见过他。

“怎么喝成这样了？”男子笑着把她抱起来，跟我说了声抱歉，然后扛着她走进了房间。

他们磨叽了很久，久到我已经沉沉睡去。

第二天我从被窝里醒过来，小C的男朋友把我俩照顾得很好，屋子也干净了不少。

“对不起，真是给你们添麻烦了。”我低头道歉。

“我还想你多来几次呢。”男子笑说，“你来了小C就高兴，我也高兴。”

男子的话很简单，眼神真挚，他不是跟我客套，是真的一心一意站在小C的立场考虑。小C是一个曾经想过要去死的女孩，她没去死，也许和这个人也有些关系。我想。太宰治在《人间失格》里说过：“日日重复同样的事，遵循着与昨日相同的惯例，若能避开猛烈的狂喜，自然也不会有悲痛的来袭。”但是谁又能抵住狂喜的诱惑？哪怕招来的是苦难，也好过潦草的一生。我又想起日本一个情色漫画家曾经说过：“无情太苦，有情皆孽。”

大约如此。

我对小C的男朋友不甚了解，只知道他是上海人，大小C八岁，听说已经在日本拿了身份，家里人随时准备搬过来。我从未跟比自己大的男孩子交往过，更别说大八岁了，在我而言，这是一件十分有趣的事情。他毫无保留地照顾她，而她呢，单纯地依赖着他。

我固然不知道这两个人的相处之道，但能重新爱上一个人，真的是太好了。

这些年来，我多多少少听说过阿捌的事情。阿捌在省分行，我们的金融学院群里常常有人说起他，后来因为一些事情互相加了微信，而我却始终没有跟他说过话。

有一回我去分行办事，遇到了阿捌。他主动和我打招呼，让我感觉有些意外，因为他看起来是那么大方，甚至有些世故。

“你看什么呢？”阿捌指指我手里的 Kindle。

“从业资格考试啊，真是烦死了。”我抱怨说。

“哦。我那儿有书，你要的话拿去用吧。”阿捌说。然后他跟我要了地址说给我寄来。

他说他午间休息有空可以请我吃饭，但我从未和他这样单独面对，还是感觉有些不太自在，所以很快就告辞了。很快，阿捌把他资格考试的书寄给了我。上面全是重点和笔记，这让我很惊讶。证券从业考试在金融系就像吃饭一样简单，何况是学霸。我带着一丝好奇给他发了第一条微信。

“学霸，你这种考试还这么认真啊？”我调侃。

“是我当年给小 C 准备的笔记。”阿捌淡然地回答。

我们陷入了长久的沉默。

几百页的书，好几本，满满的都是笔记。我曾经一度认为阿捌其实并不那么喜欢小 C，至少不及小 C 喜欢他，但是对着这本书几天下来，我的想法一再动摇。

我直接跑去问阿捌当年为什么没有挽留小 C。阿捌倒也不避讳，告诉我说其实小 C 去日本的那年，他妈妈生病了，他很早以前就打算休学回家，这件事情没有向任何人提起。

所以，无论小 C 去不去日本，他和小 C 都不会再在一起。

“后来我妈身体好了起来，我就没有休学。但是因为这件事，老师跟我说考研的时候，我立刻拒绝了，我想工作，我想减轻家里的负担。”阿捌缓缓地吐露着心声。他的声音很淡，被微信的电波送过来，显得更加苍白。

“小 C 要去日本的事情，我也早就知道了。”阿捌说。如果他有能力，小 C 要去日本，或者去世界上任何一个地方，他都会说：“走，我跟你一起去。”

可惜他没有那样的能力。

无论我们再怎么小心翼翼地算账，也只不过是四则运算，阿捌分分钟可以看穿。他知道自己是占了别人的便宜，所以这些年来，他请过很多老同学吃饭，别人不知道为什么，只以为他在省分行混得不错，他却是知道，自己不是慷慨，而是在还债。

阿捌承认自己心不够大，他自嘲，又笑。

阿捌又告诉我，那天他说他后悔喜欢小 C，是真的。

他希望是另一个人来喜欢她，另一个家境好、心也大的男人。

我觉得这些东西对我而言是“too much information”了，实在有些消化不掉，但我也不能激动地跑去告诉小 C，因为她不再是那个没了阿捌就精神恍惚的小女孩了。我讨厌自己问那么多八卦，我讨厌自己看了那些书，我讨厌自己穷追不舍的坏毛病。

可我还是继续问他：“那你还爱小 C 吗？”

阿捌那边没有立刻回复，却也没有隔太久。

“不爱了。”阿捌的声音传过来，像是又笑了笑。

他说：“即使以前再爱，终有一天会不爱的。”

所以他告诉自己，没关系，这是一件听起来有些薄情但又很通情达理的事情。人们都会长大成人，这个过程之中，理所应当地忘记一些事情，放下一些执念。每个人都如此。他曾经从那张密密麻麻被烦恼编起来的网中挣脱出来，牵着一个叫小 C 的姑娘的手，看遍绚烂风景，于是他选择心满意足，又乖乖地回到那张网里。

后来阿捌也交到了一个女朋友，对方是个应届大学生，有幸到省分行做后勤实习，女孩子长得很可爱，也很淳朴，她甚至没有坐过飞机。她和小 C 没有一处相像。阿捌很疼这个女孩，后来听说他们结了婚，婚后不知道为什么突发奇想，他俩都辞掉了前途光明的银行工作，一起回去了阿捌的老家。女孩子毫无怨尤地跟着阿捌，他们过得很好。

再后来，我就和阿捌断了联系。

后来小 C 怀孕了。

我作为孩子干妈必须去看看亲妈，于是我又跑到了三鹰。这一次，我们居然从头到尾都没有提起过阿捌。离开三鹰的那天，下了一场小雨，小 C 叫男朋友送我去成田空港，我接受了他俩的好意。

像来时那样，我依旧一个人坐上飞机，看着外面的云雾越来越厚，又刺破云层。我闭上眼睛，努力回想过去的事情，却怎么都想不起来阿捌的脸。也许就像阿捌说过的，我们都会变成不一样的人，爱过、错过，然后各自安好地过完这一生。

巴塞罗那

•

南海姑娘

在坚硬的外壳之下，我们都是最软弱的生物。

。

楔子

有一回老海搬新家，我们几个自告奋勇去帮忙，却高估了自己的老腰，一搬完就挺尸在客厅的沙发上。老海过意不去，给我们叫了大餐，顺手摆弄了一下他引以为傲的唱碟。

海潮的声音伴随着旋律充斥着整个客厅。

那是一首邓丽君的歌，我告诉老海这首歌让我想起一个人，他的名字叫叶少桓。我遇见他的时候，正好是他特别倒霉的一天。

他不是什么街头艺人，只是在我一个朋友的游艇派对上，轻轻地哼了一首歌——《南海姑娘》。像是个从未开口说过话的人那样哼唱，我想一定有什么事情让他很难过。

如果不是再次听到这首歌，我想我肯定不会再想起这个人。

一、

十一点半，叶少桓收拾好会议资料，匆匆忙忙赶到加泰罗尼亚广场。

这不是他第一次来巴塞罗那，早年在这儿念硕士，虽然没什么空闲瞎玩，几处地铁站的位置还是很熟悉的。他找到约定的地铁站，一个一身大红色正装的女人出现在他面前，她摘下墨镜，从上到下打量了他一遍。没等叶少桓讲话，女人的身后蹦出一个小家伙，穿着一身浅蓝色的连衣裙，脸红扑扑的，似乎是在生气。

“爹地肯定忘记了。”小圆鼓起嘴。

“没有忘记。”叶少桓抱起小圆，蹭了蹭她的脑袋。

“小圆要去看海对吧？”

叶少桓亲吻了小圆的额头，小圆心满意足地搂住叶少桓的脖子。他抱起小圆，向女人告别，匆匆忙忙打上一辆出租车来到兰布朗大街附近的码头。

码头停着好多船，小圆见着就笑开了花。一周前，叶少桓租了艘船，打算带着小圆去看海。他从没有忘记过和女儿的约定，包括说好的，接她一起回台北的事情，叶少桓也没有忘记。

旁边的妙龄女子好几次往他的方向瞟，叶少桓已经习以为常，女子是这里办理出海事项的工作人员，见过几次，说话的时候总是时不时地偷瞄几下叶少桓。

“您的女儿好可爱哦。”女子忍不住抚摸了小圆的脸，叶少桓报以微笑。

小圆已经七岁了，但比一般的七岁小孩看起来要小一些，因为长得矮，脸又是婴儿肥。五岁之前，小圆都是叶少桓在带，他也忘记自己是怎么熬过来的，早上上班，晚上画图纸，还要管小圆，才几个月就瘦了七公斤。上司看到实在不忍，给他放了带薪假，但并没有太大帮助，晚上他还是要画图，小圆还是会闹。小圆五岁的时候已经十分可爱乖巧，前妻第一次来看她，喜欢得不行，哭着闹着要带小圆走。起先叶少桓是不同意的。他不是软柿子，性格脾气也倔强。但是前妻几次都以死相胁，家里人也许是为了他好，就抱着小圆一块儿闹，他担心小圆会胡思乱想，这样才勉强同意。

两年后，前妻决定再婚，希望他能带走小圆，因为对方是她人生的挚爱，不希望这份婚姻的开始有半点不美满。许多人责备前妻，但叶少桓二话不说就同意了。这两年里，叶少桓没有片刻不想女儿。只不过一年没见，小圆长大了一圈，而前妻倒是一点没变。

小圆说离开巴塞罗那之前想看大海，妈妈太忙，一直没时间带她去，所以向叶少桓撒娇，他立刻做好了出海的计划。

平静的海面，让人产生困意。小圆激动地跳上跳下："爹地，美人鱼在哪里？"

"地中海可没有美人鱼啊。"叶少桓抚摸小圆柔滑的头发，很享受这片刻的宁静。

这会儿船上有什么声音作响，叶少桓起身，观察四周，海面并无异样。他本能地抱住小圆，虽然小圆并不害怕。她心心念念的还是美人鱼。

船员跑过来，告诉叶少桓可能是船上零件有问题，好在现在没有大风大浪，他们已经在往回行驶，希望他们不要害怕。年轻的船员说着安慰的话，他们自己的脸色却不怎么好。

"以这个速度开回去可能要半个小时，你们发送求救信号了吗？"叶少桓有些着急。由于他一直温文尔雅，船员一下子有些不太习惯，变得吞吞吐吐起来。

换作平时，叶少桓不会那么咄咄逼人，然而今天小圆也在船上，他感到自己的情绪不受控制。他让船员照顾小圆，自己走到船舱内，向附近船只发送了信号。大约过了几分钟，过路私人船只接收到了信号赶来，他抱着小圆登上了船，船员也跟着过来了，算是有惊无险。

叶少桓打算跟船主道谢，可就在小圆莫名其妙地四处张望的时候，陌生男人一拳将叶少桓打倒在甲板上。

二、

叶少桓猝不及防地被人按在地上，只能靠本能还击，因为势均力敌，在外人看来反而变成了小学生的撕扯，实在没有什么悬念。

两人扭打成一团。小圆被同在船上的女士抱在一边，几个水手样子的男人将叶少桓和男人分开。叶少桓整了整衣服，费了很大的力气才把男人认出来。即便是认出来了，他也不是很确定，带着不可思议的表情走近他。

“程浩？”叶少桓试探地叫他的名字。对方没有回应，反而狠狠地瞪了他一眼，这下叶少桓才确定这人是程浩。

程浩并不打算解释，驱散了看热闹的队伍，船上一共二十几个人，很快就被他轰走。虽然程浩板着一张臭脸，但小圆一点儿都不怕他，气鼓鼓地坐到他对面。

“为什么要打我爹地？”小圆用的是责问的口气。

还从来没有人敢这么凶他，程浩看了一眼小圆，又看了一眼叶少桓：“你女儿？”

叶少桓将小圆抱到怀里，点点头。

程浩冷哼一声，凑过头来，看着小圆。

“你就不怕我把你丢到海里喂鱼？”程浩威胁。小圆愤愤不平地看着他，反而看得他有点不好意思。

“小胖子，我不喜欢你。”说着，程浩走向船舱。

“我才不喜欢你。”小圆在他背后大声说。

关于程浩的样貌，叶少桓已经记得不是很清楚，只是记得他应该没有这样粗糙，但是很多事情他都记不清了。

“爹地。”小圆大大的眼睛看着叶少桓，往他的身上蹭，外面风大，叶少桓将她抱进舱内。程浩和几个人正在舱内聚餐，其中几个女孩子跑过来邀请叶少桓和小圆，小圆看到吃的就兴冲冲地跑过去了，没等得及叶少桓同意。

这是一艘常年用来聚会的游艇，程浩也是租客，他们是一个公司的同事，因为刚拿下一个大客户所以公费来巴塞罗那旅游。程浩没有刚刚那么气了，还给叶少桓递了一杯酒过来。

程浩的同事对叶少桓表露出了极大的兴趣，大家都不信叶少桓和程浩同年。叶少桓属于那种少年脸，加上衣着这些年来都还保持着大学生的模样，看起来只有三十不到，事实上，他刚过完自己三十八岁的生日。

生日那天，叶少桓在自己的屋子里，坐在自己最习惯坐的那张沙发上，独自一人看了一直没机会看的那部《午夜巴塞罗那》。他对于婚姻，再也没有不切实际的幻想。看到剧中的两个大相径庭的女孩，又让他想起曾经在他生命中出现过的那两个女孩，他只觉此去经年，故人不再。

酒足饭饱之后，小圆也躺在某个大姐姐的腿上睡着了，只剩下程浩和叶少桓两个人还醒着。

船外是皎洁的月色。

“你这小子，就这么把文菁忘记了。”程浩忽然说。

叶少桓不语。

“你就这样把她忘了。”程浩的语气是责备的、凶悍的，然而声音却很轻。

程文菁是他的一个秘密。

如果可以，他永远不想提起，自己的十七岁。

三、

他们的学校不算好，但是附近有一片超级美的海滩，这让他们的学校成为传闻中最适合早恋的地方。

叶少桓戴着他刚买的耳机，来不及向伙伴们炫耀，就被程浩拖到海边。这片海滩是高中生的秘密基地，鲜少有大人会跑到这里，他们会在这里点起篝火，吵闹一夜。

程浩带着程文菁和学校里的“甜心”吴梦沂一起出现在篝火晚会上，所有人都为他鼓掌，叶少桓也随便敲了几下掌心，算是给足了面子。叶少桓就是在这里认识程文菁的。应该说，他们早就认识了，但第一次讲话是在一年前，也是在这个海滩。叶少桓十分后悔，后悔自己不该主动跟程文菁讲话。

程文菁是叶少桓他们班的班长，高一的时候还好，到了高二她就好像到了更年期似的，没事就找他麻烦，是叶少桓的“宿敌”。那会儿就是流行这些说法:“宿敌”“命运的对手”“前世的仇人”。程浩知道他和程文菁的关系不好，所以打算趁这个机会，让他们解开误会，毕竟一个是自己最好的兄弟，一个是自己最亲的妹妹。当然，要是程浩这点小伎俩都能奏效，那两人也称不上是“宿敌”了。程文菁一屁股坐到叶少桓旁边，叶少桓本能地往一边挪了挪。

“叶少桓，你今天国文作业没有交，怎么还在这里玩？”

“你很烦啊。”

“你知道烦不会把作业做了哦？”

“我不想和你说。”

就算在这种浪漫的气氛下，程文菁依旧那么无聊。叶少桓戴上自己新买的耳机，侧过身去。

程浩看不下去了，一把抓过叶少桓。

“哎，臭小子，你以为每次国文作业是谁帮你做的？”

“反正我没做。”

“还不是文菁帮你做了。”

“……”

叶少桓不是那种呆蠢型的男生，至今为止自己没有做的作业都是身为班长的程文菁帮他做的，这已经成了不是秘密的秘密。他是当事人，肯定是知道的，但是他从没逼过程文菁帮他做作业，也懒得去问她为什么要帮他做作业，全班三十几个人，为什么唯独是他，他也懒得去问。程浩见到叶少桓那副好死赖活的样子十分不爽，狠狠地拍了一下他的脑袋，叶少桓哪里是省油的灯，两个人立刻就扭打在一块儿。

吴梦沂在一边看戏，拍手叫好。程文菁一开始还拼命喊停，可两个人打着打着就开始笑了，她也不想自讨没趣。

程文菁从小就是班长，掌管着生杀大权。程浩虽然是程文菁的哥哥，但两个人的性格天差地别，一般都是程文菁在长辈面前罩着哥哥。程文菁听话，程浩闹腾，虽说是双胞胎，出生时间就相差了两分钟，可就像是两个星球的生物一样。幸好他们两个对于这种天差地别十分自在，程浩以程文菁为荣，不准任何人欺负她，程文菁是程浩的最佳掩护。

如果可以，叶少桓不想破坏这微妙的平衡，一点儿都不想。

四、

吴梦沂之所以成为学校的甜心，是因为她在一次校园歌唱比赛中唱了邓丽君的《南海姑娘》。她声音甜美仿佛邓丽君亲临现场，当然重点还是她人长得美，笑起来让人找不到北。

程浩喜欢吴梦沂，这几乎是全校都知道的事情。程浩从小就霸道，有了程文菁这个最佳掩护之后，更是气焰嚣张。他骨子里有一种领袖气质，让人喜欢跟在他身后。叶少桓不得不承认，他也是受到了这股气质的吸引，和他成了最要好的兄弟。程浩喜欢吴梦沂的事情过了不久就传到叶少桓的耳朵里，他打算帮程浩展开一场浪漫的追求。

据叶少桓了解，吴梦沂出生在一个糟糕的家庭，父亲是混混，母亲是洗头店的招牌女郎，和八点档电视剧里演的不同的部分是——吴梦沂的父亲母亲都十分疼她，视她为掌上明珠。所以吴梦沂吃的穿的都不差，甚至和叶少桓有得一拼。这让程浩开始苦恼，金钱攻势是不行了，况且他父母管得紧，本来就没什么钱。

“那只能靠感情攻势了。”叶少桓拍了拍程浩的肩膀，一副任重道远的样子。程浩爱面子，让他当众送花、点蜡烛、弹吉他这都是万万不可能的，况且这一年来吴梦沂身边也不乏这样的追求者，结果都是无疾而终。

叶少桓倒是提供了一个办法，就是让女孩子先去打头阵，知己知彼，方能百战百胜。于是这个艰巨的任务一下子就落到了程文菁的头上。

“我不去。”程文菁翻了个白眼。程文菁是学校里的尖子生，身边自然有一群聪明女生，众所周知聪明女生是不和蠢女生玩的，而吴梦沂就属于蠢女生里最不招人喜欢的那种——又蠢又漂亮的女生。程浩见情势不妙，赶紧狠狠地一捏叶少桓的腰，叶少桓疼得想骂人，但还是忍住了。

“求你了，文菁，这都是为了你哥。”

“我为他做的事情还不够多？”

两人齐刷刷地望向程浩，程浩平日里狂傲的气势荡然无存。程文菁说的话一点都没错，但已经厚着脸皮走到这一步，两个男生实在不愿意半途而废。

“程文菁，算是我求你。你要是帮你哥追到吴梦沂，我什么都愿意做。”

“什么都愿意？”

叶少桓不禁咽了口口水，没想到自己会说出那样的话，程浩也没想到叶少桓这么讲义气，用看英雄一样的眼神看着他。叶少桓意识到自己无路可逃，伸头也是一刀，缩头也是一刀。

“愿意愿意。”

“好，那咱们从今天开始交往。”

叶少桓似乎没听太清，程浩也一脸茫然，四只眼睛迷茫地瞪着程文菁。她倒好像一身轻松，微笑着反问：“怎么，我不可以喜欢你吗？”

叶少桓在程文菁回答之前做了一百种假设，但没一种是这个结局。他看着程文菁得意扬扬的背影，忽然觉得四肢乏力。

叶少桓原本以为程浩会帮着他说几句话，没想到他跑得比谁都快，已经没影了。

五、

叶少桓的计划还算比较成功，那个时期的少男少女本来就没有什么深仇大恨，程文菁如愿和吴梦沂成了朋友，知道了她的喜好，程浩投其所好，很快就抱得美人归。至于叶少桓自己，好像也并没有想象中那么讨厌程文菁，她帮他做国文作业，他陪她一起去补习理科，以至于有许多不明真相的友人会跑来臭他说："少桓你可真厉害，把班长搞定了。"

然而他们并不知道其实被搞定的人是叶少桓。

"这片海真的好漂亮。"程文菁经常忍不住赞叹，"一闪一闪，好像是星星汇聚起来的一样。"

国文好的人就是不一样，叶少桓想，他最多看到发光的微生物吧。

有相当长的一段时间，叶少桓搂着程文菁，程浩搂着吴梦沂，成为那片海滩上美好的风景。对于很多人而言，这就是他们的少年时代。

他和程文菁变得无所不谈的时候，有一次程文菁透露出她的担忧，她说其实她并不希望吴梦沂和哥哥在一起，哪怕当初她也费尽心机撮合这两个人。吴梦沂曾经告诉程文菁，她喜欢有身份的人。可他们才十几岁，能有什么身份，无非就是仗着老爸的面子能在学校横行霸道，程浩这一点已经做得相当出色。她不知道吴梦沂还想要什么样的身份，可是她眼中残存的光芒告诉程文菁，哥哥不是她所说的人。

叶少桓摸摸程文菁的头发，让她不要想太多，自己的事情都顾不过来，少操心别人的。

程文菁忽然问：“叶少桓，你喜欢我吗？”

叶少桓愣住了，不知道怎么回答。对于他的沉默，程文菁并不感到惊讶，毕竟这段恋情自始至终都是她一个人在坚持。她第一次见到叶少桓的时候他在跟哥哥讲话，然后她就拼命想引起叶少桓的注意，可他就不看她。后来好不容易发现叶少桓不爱做国文作业，她很高兴，因为这样就找到和他说话的理由了，但叶少桓反而变得不喜欢她了，还把她当成“宿敌”。

“叶少桓，我不知道怎么样才能让你喜欢我，就像我哥喜欢梦沂那样。”她将自己的心事说出口，自己也有几分后悔，本来利落爽快的青春美少女，一下子变成了成年怨妇，是谁都不会喜欢的吧。但这些话已经闷在心里太久，再不说出来恐怕就要烂在那儿，永不见天日。

叶少桓呆呆地伫立了一会儿，不再和她讲话，他真的不知道怎么回答。也许他最好不要回答。有件事情程文菁一直都不知道，叶少桓的父亲早就说要接他去西班牙，因为他母亲舍不得才一直没去，现在他们马上要考大学了，父母的观点也终于达成一致，打算让他毕业就去西班牙。他一直没做国文作业，并不是真的懒，而是用课余时间在准备UNED联考。

海风吹拂着叶少桓稍显憔悴的面颊，在他没注意的时候程文菁已经回家了，留下海滩上继续消磨时间的少年，程浩走过来拍了拍他的肩膀。

“什么时候走？”

“还没定。”

“跟文菁说了吗？”

“还没有。”

“要我帮忙吗？”

怎么帮呢？叶少桓甚至自己都不知道自己什么时候要走。

隔天大家若无其事地上课，程文菁的位置上却空荡荡的，叶少桓有点担心，但这几天因为考试临近压力大请假的人不胜枚举，就算她没来上课也并没有人觉得有什么异样。直到下午，程浩满头大汗地跑到教室门口，这才让叶少桓神经紧绷起来。

“少桓，文菁不见了！”

他只听见这一句，之后他们说的话是一片模糊的，他随着程浩一行人浩浩荡荡地搜索了整个学校、整个小镇，最后大家精疲力竭地跑到他们熟悉的沙滩上。

程文菁见到这么多人、这么大阵仗找她，感到有些难为情。

“对不起，我忘了和你们说一声。”她低头、鞠躬，是人都能看清她眼角的泪痕。她说她是闲得慌所以来看看海，程浩不说话，任由她编造不擅长的谎言。忽然，叶少桓把她拉到自己身边，紧紧地抱着。

“文菁，”他说，“我哪儿也不去。”

六、

当然，那天叶少桓说的是一句谎话。大家都心知肚明。

终于考完最后一科。几个班的学生蜂拥到海滩上，有的大叫，有的裸着上身，也不知道究竟有什么意图。

原本以为叶少桓和程文菁会上演一出撕心裂肺的离别场景，最先哭的却是程浩。

在毫无防备的情况下，吴梦沂走了。没人知道她具体去了哪里，据说她身上只有几十欧元，是她那个混混爸爸给的，那也是她爸爸最后的家当了。

下面这些话都是从隔壁学校小混混那儿听来的，真假参半。

据说吴梦沂的爸爸很早就欠了一屁股债，可他还是想让女儿过上优越的生活，于是钱越欠越多，最终连妻子的发廊都赔进去了，还是不够还。料想自己终究是逃不过了，吴梦沂的爸爸知道她一直向往西班牙，于是托了常跑西班牙的熟人把她带出去，这一去，估计再回来得要好多年。父母把最后一点钱换了欧元给她。吴梦沂走得不光彩，于是她没跟任何人说起，就连程浩也没有。程浩是和叶少桓一起得知这个消息的，当时叶少桓诧异地看着程浩，见他已经六神无主，就没有再问。

叶少桓从来没见过程浩哭，那天他一个人待在墙角，没人敢靠近他。

和程浩比起来，叶少桓觉得自己好太多了。至少自己还能给程文菁一个归期。

“文菁，等我回来了之后，我会永远跟你在一起的。”叶少桓信誓旦旦地说。

少年时期，我们总是轻易许下这样的诺言，在往后的生活中，可能就成了最无足轻重的东西。

程文菁笑着点点头，随即把目光移向远处的海面。

“少桓，我们去划船好不好？”程文菁拉着他的手说。

叶少桓点点头。无论程文菁说什么，他都会说好。

他们从渔民那儿租了一艘船，大概学会了使用方法，程文菁嚷嚷着要自己来。她生性如此，叶少桓也由着她。

他曾经设想过许多关于他们未来的发展，他和程文菁的想法还是有太多不同的地方，恐怕会有一场一场激烈的辩论，只有一件事情他坚信不疑，他们会在一起。

叶少桓看着程文菁站在船头，而自己听着她的号令摆弄那些不熟悉的器具。也许是太过心猿意马，叶少桓并没有注意到周遭环境的变化。

那天风和日丽，没想到到了海上能有那么大的风浪。

“文菁，我们回去吧。”叶少桓提议。

“可是我想再走远一点哎。”程文菁说。

看吧，他们之间果然有很多需要沟通的地方。叶少桓试着劝服程文菁往回走，但是程文菁好像听不见似的继续往前开。叶少桓下意识地感受到了危险，冲到她身边，抢过舵。而这个时候他们的船似乎正受到什么不可抗力的撕扯，眼看水正往船体里倾灌。

程文菁这下才如梦初醒，意识到自己刚刚的错误，但是道歉已经来不及了，她找到救生衣，让叶少桓穿上。

“你自己也穿上。”叶少桓催促道。

“没事，我水性好。”程文菁说着，还笑了，“早叫你学游泳，你不听。”

“文菁，现在不是开玩笑的时候！”叶少桓快被她气疯了。她迟迟不肯穿救生衣，让叶少桓很恼火，转身要为她穿救生衣时，却发现救生衣箱里空空如也。这艘船上只有一件救生衣。叶少桓脑中一片空白，只想把救生衣脱下来，但是此刻风雨急急地拍打在他们身上，一件衣服像千斤重石一般压在他身上。程文菁按住他的手。

“你不会游泳，脱掉了怎么办？我会游泳，还能撑一会儿。”

“少桓，你不要怕。”

“我在呢，我在你旁边。”

“少桓，我们会永远在一起的。”

这明明是不久前叶少桓才说过的话，程文菁在他耳边重复了一遍，声音微弱，气息紊乱。而叶少桓始终都没有脱掉自己的救生衣。

接下来的事情，叶少桓都不记得了，耳畔依稀还有程文菁的声音在回荡，而自己已经躺在医院的病床上。

床边站满了人，他那个常年定居西班牙的爸爸都回来了，他不知道什么事要这么兴师动众，再往下想，头痛欲裂。

七、

叶少桓来到巴塞罗那念硕士，已经是四年后的事情。他在巴塞罗那遇到了吴梦沂，她在一个台湾菜馆打工，那个餐馆在网络上排名数一数二，叶少桓是被同学硬拉来的。

吴梦沂见到他半天说不出话，叶少桓认出她来，如往日一般叫了一声“梦沂”，她的眼泪夺眶而出，吓到了顾客。叶少桓反而没那么诧异，对他而言吴梦沂只是一个故人。

吴梦沂还是像小时候那么漂亮，叶少桓的几个同学都对她有想法，但是吴梦沂也是干脆直接，都没有接受。

叶少桓毕业的时候，吴梦沂问他毕业舞会有没有舞伴，叶少桓摇摇头，于是吴梦沂那天穿了一套天鹅绒长裙出现在了舞会上，引起不小的反响。毕业之后叶少桓很顺利地通过面试进了一家建筑设计公司，如愿做了自己喜欢的工作。父亲在他的工作上也出了一些力，所以叶少桓的事业一路绿灯。可能一切都太顺利，母亲接下来开始催促他成家的事情。叶少桓知道这一天终归还是要来的，并没有太大的抵触心理。

一个月色如洗的晚上，吴梦沂说："少桓，无论你信与不信，当时知道你要去西班牙，我心里是窃喜的。"他们都是二十七八岁的人，生命里也有过一些过客，所以不用吴梦沂说得太明白，叶少桓也能懂。

"少桓，我知道你心里还是有程文菁，我永远比不上她，但是我只想代替她好好照顾你。"吴梦沂很明白，自己是一个大活人，一个活人怎么能比得上一个死人。

叶少桓许久没有听到程文菁的名字，听到之后也没有觉得不适。

父母并不知吴梦沂的过去，单凭她乖巧听话又长得漂亮，大家都没有反对。婚礼在吴梦沂心仪的教堂举行，庄严隆重，了了吴梦沂多年的心愿。吴梦沂的父母没有到场，因为她已经好些年没有见过他们，也从未打算回去找他们。

这段婚姻维持了三年不到，最后因为什么而争吵叶少桓也不记得了，只记得那天他匆匆忙忙出门，已经许久没有这么赶过，没有镜子，只好找到一块反光的玻璃幕墙，整理一下西装，连这套不太合身的西装，也是他今天趁着午饭时间买的。他赶到律师事务所签下离婚协议后，心里竟有一丝释然。

这段婚姻，唯一值得他庆幸的就是小圆。虽然照顾一个婴儿十分辛苦，但小圆从小就聪明懂事，一点儿都不像她的母亲。小圆五岁的时候，叶少桓带她回到家乡，不知为何特地去了那个只有年少的他们才会玩耍的海滩。现在那片海滩上已经堆满了垃圾，无人清理。而小圆却拉着叶少桓的手，高兴地说："爹地，这里好漂亮哦。"

"一闪一闪，好像是星星一样。"小圆想了半天，这样说道。叶少桓想起了某个十七岁的少女，也是这样评价这片海的。他忽然紧紧地抱住小圆。小圆拍拍他的头："爸爸不哭，小圆在这里。"

程文菁死了。

直到这一刻，他才能接受这个现实。一个大男人，眼泪夺眶而出。

有时候，他会觉得自己的青春荒诞无比，却也无可厚非。毕竟这都是自己的选择，从没有人拿枪指着他的头让他这么干。他也设想过一百种可能，自己没有和程文菁在一起的话，会是怎样的结局，但是没有一种能持续到最后，他坚信他一定会和程文菁在一起，无论经历什么，他最后都会和她在一起，哪怕面临的是死亡。他始终欠她一句"我喜欢你"，而这句话连同他的青春，埋葬在此，不再复苏。

八、

程浩来到西班牙也有些日子了。我认识他的时候，他正带着一群朋友出海钓鱼。他很喜欢聊天，我很喜欢听，于是我们就成了朋友。他把小时候的事情都讲给了我听，海风吹得他显得有些老。他说他从没有想过去找叶少桓或者是吴梦沂，我说你没有去找是对的，一旦见到了，又能怎么样呢？

于是没过多久，他们又打起来。这下小圆没有哭，她推了一把程浩：“你不准欺负爹地。”

小女孩力气还挺大。程浩抱起小圆哈哈大笑，小圆似乎一点儿都不怕他。

“什么时候回台北？”叶少桓问。

“再过几天。”

“爹地，美人鱼！”小圆不客气地打断了两个男人的对话，她还心心念念不忘美人鱼。叶少桓有些不好意思，向程浩解释了一遍带小圆来看海的事情，明明自己从来没有答应过什么美人鱼。

“你很想看美人鱼？”程浩问。

“嗯！”小圆立刻点头。

小圆鼓着嘴巴，特别招人喜欢。程浩跟船员说了几句，船向着另一个方向行驶。没过多久，一块形似少女的礁石便出现了，小圆开心地抱住程浩，程浩有些措手不及，被她扑倒在地上。

“是美人鱼！美人鱼！”小圆欢喜地抱着他。程浩已经很久没有被人拥抱过了。他不由自主地抚摸小圆的头发，在她的眉目之间，看到了自己痴迷的曾经。程浩今年三十九岁，始终没有娶任何一个女人，自然也没能享受到叶少桓享受过的天伦之乐。

程浩告诉我，程文菁走后，父母把他看得比天都重，只要是他想做的统统允许，他也谈过几次恋爱，但始终没有定下来的打算。

虽然程浩一次次地提醒叶少桓不能忘记程文菁，但是自己对于过去的记忆也所剩无几，他几乎忘了程文菁是什么时候和叶少桓在一起的，大约是因为一个什么事件，但绞尽脑汁都回忆不起来。他常常从那个噩梦里醒来，那个梦里的程文菁面孔是模糊的，久而久之，他竟然对妹妹的长相都模棱两可，他觉得很害怕，于是把程文菁的照片放在皮夹里，日日看见，夜夜惦记。

还记得他第一次见到吴梦沂，就是她在台上唱歌的时候，程浩脑子里就冒出千奇百怪的想法，他想他一定要娶她，他不惜做出任何的努力都要和她在一起，他们会生出好看的小孩，吴梦沂会变得很贤惠。他曾经很庆幸，这件事情并没有多少人知道，刚开始追求吴梦沂的时候，她说心里已经有人了，她虽然不曾说明是谁，但是从她看叶少桓的眼神里也不难猜测。程浩觉得自己是卑鄙的、可耻的，如果他没有撮合叶少桓和文菁，那天文菁会不会就不会心血来潮地出海。他是罪人。

听说吴梦沂嫁给了叶少桓的时候，他格外平静，他知道这是上天对他的惩罚。爱别离，恨憎会。幸好并没有想象中那么痛苦，他感觉到那是因为自己的心已经不在了，随着对吴梦沂的爱灰飞烟灭。

他想起从前的他们，程浩、吴梦沂、叶少桓、程文菁四个人手挽着手坐在沙滩上，看云卷云舒，惹人艳羡。他的怀中是最美的吴梦沂，叶少桓的怀中是他最爱的程文菁。这是一个长久而美好的幻梦，他希望一梦不醒。

我坐在摇晃的船舱里，听他讲完这个故事的结尾。然后他起身，抱起小圆，一屁股坐在甲板上，晚风吹拂着他们的头发。

然后我见到了一个人，一个唱歌的男人，他在船舱里轻轻地哼起邓丽君的《南海姑娘》。可能就像他们在那片海滩上唱过的一样，我想。

“哎呀，南海姑娘。不要太过悲伤，年纪轻轻只十六半，旧梦失去有新侣做伴。”

从此以后，每次听到这首歌，我都会想起这个男人。

后来我在奎尔公园又见到过他，他朝着我礼貌地微笑。我们没有交谈，我看着他拉着小圆的手穿梭在高低不平的建筑里。程浩说，他的样子总是那么平静，一切事情对于他而言，都不能引起什么波澜。所以程浩才讨厌他。

我却不由得想起《庄子》里那句：“夫哀莫大于心死，而人死亦次之。”

他让我意识到，在坚硬的外壳之下，我们都是最软弱的生物。

彼得堡

•

二十七

你再不来，我要下雪了。

。

二十七岁的某天，瞧西破天荒地发了一条朋友圈，说："彼得堡太冷了。"

那是一个九月，这年九月的彼得堡阳光明媚，高挑姑娘偶尔还会露着大腿，涅瓦河的水波光粼粼，耀目到不行。

我认识瞧西是在2011年，其实我不太愿意提起这一年，它带走了两个我喜欢的人：Amy和木心老师。Amy七月走的，木心老师挨到了岁末。2015年Amy Winehouse的纪录片*AMY*上映，我一个人去了电影院，孤孤单单地坐了两个小时。看完，有人等着我出影评，结果我愣是半个字也写不出来。不知道你们有没有这样的体验，有的时候，大喜或者大悲，是不会笑或者哭的，反而成了一种超脱的平静，仿佛这个世界上从来不存在"我"这号人一样。

再说回瞧西。瞧西是混血儿，我最后也没搞清她打哪儿来。我跟她的关系，应该比路人强一些，算得上相识，算不上朋友。

2011年我们有一次活动，几个翻译临时跳票，害得展会现场乱成一团。紧急关头，我们注意到一个矮个儿姑娘站在一边，中、英、俄三种语言任意切换，我们大喜过望，默契地、猛虎扑食似的向着她百米冲刺了过去。我们几乎是威逼利诱地雇用了这个矮个儿姑娘。

她说她叫瞧西，我也像其他人一样问："西边有啥好瞧的？"她笑着说："随便瞧瞧。"

活动结束后，有人约她和我们一起聚餐，她欣然答应。瞧西大方、得体、聪明，几乎拥有一切我羡慕的特质。

瞧西十五岁辍学，她说是为了看更多书，说完自己笑了。她住在彼得堡，偶尔来伦敦，也去巴黎，她跟着她的策展人男朋友四处游逛，她总能帮上忙，她对艺术有着极其敏锐的嗅觉。

我微信加了瞧西之后几乎没有什么交谈，因为我们各忙各的，都不太喜欢瞎聊。

瞧西喜欢中国文学，能背《长恨歌》。相对地，我却对俄国文学知之甚少，唯独读过木心老师那本回忆录中的片段，了解过屠格涅夫。屠格涅夫曾经有一篇演讲稿叫《哈姆雷特与堂吉诃德》，木心老师说屠格涅夫是哈姆雷特，所以他羡慕堂吉诃德。瞧西更像是二者的结合，不需要去羡慕任何人。就像她的名字，隐晦而有趣，她站在东边，自然瞧见西边，别以为她在看什么，只是另一种叙事罢了。

我回国后跟瞧西更加疏远，本就不是太熟悉的人，疏远更在情理之中。大约是 2013 年，我从一个朋友口中偶然听说瞧西的消息，那位朋友正好被调去彼得堡公干，她告诉我，她见着瞧西了，就在涅瓦大街上。瞧西一个人蹲着，人来人往，路人好心想扶她，她却说：“没事，我在等人。”

“等什么人要蹲着等呀？”友人露出疑惑的表情。

我摇摇头。

到最后，我们也没弄清她在等谁。

我曾经和瞧西一起去看过她男朋友策划的展览，都是当代艺术家，展厅略显简陋，但是一花一木都摆放得恰到好处，这都是瞧西的功劳。她从不居功自傲，她说这屋子里有一个天才，那就是她的宝贝。我心里却默念：如果你不是，这屋子里就没人是天才。

瞧西的爱热烈而坚持，她十五岁为了一个男人辍学，离开了家，她相信这是自己的命运，但过了一年多这命运就抛弃了她。她说她要做一件惊天动地的大事，不是为了名垂青史，只是为了做个纪念，为自己的爱情增加一些仪式感。

“可男人喜欢仪式感的爱情吗？”我问。

瞧西摇摇头，说：“我的男人会喜欢。”

她的语气那么铿锵有力，我只好说：“也对。”

瞧西和现在的男朋友相遇在一个艺术生的展览上，当时两人都二十出头，一见如故，便开始了居无定所的生活。

不知道为什么，瞧西总能让我想起Amy Winehouse，瞧西不会唱歌，她有另外的才华，无论是文学还是绘画，叫我惊为天人。除此之外，就是她的性格，率真，不造作。我一直觉得这便是世间最好的东西了。

我快回国的时候，自己组织了一个告别派对，来了很多友人，特别高兴。当时我也想约瞧西，但是没能找到她。那时候没人知道她去了哪儿，她失踪了十几天后，又忽然回到了大家的视线中。

她失恋了，策展人男朋友爱上了一个来展会打工的艺术生，两人天雷勾地火。他跟她说了句对不起，头也不回地离开了。她一个人跑去苏格兰，浑浑噩噩地过了十几天，又落魄地回到伦敦。

“你就这么喜欢他？”我问。

“不喜欢了。”她说，“感觉都没了，还谈什么喜欢。”

我问她：“接下来想去哪儿？”

她淡淡地吐了一口烟说：“可能回彼得堡吧。”

“我会去看你的。”我说。

她说：“你来彼得堡，得去看看鼻子，你喜欢的。”

她说的是沃兹涅先斯基大街附近的一个雕塑，出自果戈理的小说《鼻子》，科瓦廖夫市长的鼻子。我笑着点头说好。我脑中仿佛出现了一个滑稽可笑的鼻子，瞧西就站在鼻子前面，可劲儿地模仿着。她很好，很年轻，失恋不算什么。

可惜，是我食了言。

年轻的时候就是喜欢乱给承诺，大抵是觉得时间足够多，莫名的底气蹿了上来。稍微老一点，就觉得时间怎么都不够用，什么底气都没了。

瞧西回到彼得堡之后，在朋友的鼓励下开始策展，她干得不错，一切比想象中的顺利。大约一年之后，瞧西机缘巧合又与前男友重逢，他跪着求她原谅，把她几乎要捧到天上去。瞧西接受了他的道歉，与他重归于好。

她告诉那些提出反对意见的朋友：“我一直在等他回来，我等太久了。”

于是别人也无话可说了，毕竟这是她的爱情。

男朋友回来之后便参与了瞧西的工作，两人时常发生意见上的争执。毕竟时间摆在那儿，瞧西不再是那个奉他为神明的女孩，这是她自己的事业。他这些年来却一败涂地，他总是怀念以前的一切。他说瞧西变了，变得像个商人，而不是艺术家。于是，几个月后，他再次抛弃了她。这一次，瞧西没能从打击中缓过来，她日日夜夜等他回来，神思颓然，不久后被诊断为重度抑郁，每天都要服用药物才能勉强正常生活。

这一切都是许久之后我才知晓的，也是通过某个共同友人。我知道得实在太晚了。Andrew Solomon 曾在 2013 的 TED 有过一场关于抑郁症的演讲。我依稀记得他用颤抖的声音说："我感觉我的脑中有一场葬礼……"每次点开这个视频，我都要鼓足勇气。

那年瞧西二十七岁，她被一股诡秘的力量牵引着一跃跳进涅瓦河，再也没有回来。瞧西终究还是为了她的爱情做了一件惊天动地的大事。

就像我之前说的，大喜或者大悲，是不会笑或者哭的，反而成了一种超脱的平静，仿佛这个世界上从来不存在"我"这号人一样。从友人口中知道这个消息的时候，我大约就是这样的情绪，沉默，但不安静，唏嘘，但不悲恸。

有一次有人问我：女人什么年纪最好？

是一句玩笑话，大约是想看看我会以什么样的女权言论去回击。可我没想那么多，愣了一会儿，我说："我最心疼二十七岁的女孩。”

二十七岁的女孩最烦恼。决定等还是不等，大概就在二十七岁，再长一岁，看透了，再回去一岁，无所谓。我不是说瞧西或者 Amy，我是说很多女孩都在等待一个人，在冬夜里等，等到春日满地樱花的时候，他还是没来。怎么办？有的人，她愿意孤独地等，等到蜡梅开满枝头，又换一城春桃。但有的人，她偏偏就等不过二十七岁。

瞧西的微信号还是摆在那儿，没有人来把它删掉。像是鬼魅，时时刻刻提醒着我们。最让我不解的，还是她那句唐突的话——彼得堡太冷了。

她是写给谁看的？有什么目的？我想不出来，只好百无聊赖地望着墙角，脑海中却突兀地响起木心老师的一句戏言：

“你再不来，我要下雪了。”

布鲁塞尔

致旅店青年与 L 小姐

没有月亮的夜晚，你的手肘靠着她的手肘，这便是你生命的全部。

你应该只有二十出头。

你英文不太好，所以一般情况都说法文，你总戴着一副圆眼镜儿，有一双弹钢琴的手和我梦寐以求的大长脸，这让你看起来一点儿都不像一个廉价旅店的前台。你不爱搭理人，对客人也从来没什么礼貌，只是这个旅店的客人也都不计较，所以你很顺利地工作着。

我的很多旅行计划里都没有布鲁塞尔。我会来也是一个巧合，因为我学时装设计的朋友在安特瑞普办一个展览，邀请我去，我才顺便来到布鲁塞尔。我打算只待几天，所以在布鲁塞尔定了一个便宜的旅店，于是我遇到了你。根据我多年阅读柯南·道尔的经验，我想你可能是一个人格分裂或者是多重人格的人，所以我对你多有顾忌，说话的时候也会小心翼翼，不像对其他旅店前台那样轻浮。

你所工作的旅店，是只有在大厅才有 Wi-Fi 的那种，而这家旅店的大厅只有一个厨房那么大，所以我抱着电脑嬉皮笑脸地坐到你身边赶论文。

你没有赶我，反而是不知道从哪儿抽了一个坐垫出来递给我，我从冰块一样的椅子上站起来，感激地接过。

你常常上夜班。你让我想起小时候看过的一部叫《大话西游》的电影，里面有个叫紫霞的，早上和晚上人格分裂。你和她很像，过了午夜十二点，你就变得特别和善，而且话痨。托你的福，那几天我的论文进度一拖再拖。

我猜你喜欢住在二楼靠街房间的女孩，因为她每次下来，你都会笑。并不是说你的笑容有多好看，但是仿佛铁树开花、水倒流，物以稀为贵。

女孩也总是回以微笑。但我从来没见过你们两个聊天。

她出门总是背着大提琴，应该是来参加演出的。她喜欢听Coldplay，每次路过她的身边，耳机里便会外泄出某首熟悉的歌曲，*Every teardrop is a waterfall* 或者是 *Yellow*。

女孩只住了三天，她的表演可能未尽如人意，所以提早退房了。你对女孩真的很好，悄悄做了一些手脚，免掉了她的预订费。她点头致谢。你们之间依旧没有语言上的交流。那天晚上我依旧挑灯夜战我的论文，你显得特别安静。如果是平时的我，肯定会给你一大锅心灵鸡汤，但那天晚上，我心里更多的是好奇。

“你喜欢那个女孩儿吗？”我问。你诧异地看着我，老半天，才摇了摇头。

“不是女孩。”你用别扭的英文说道，“他是个男的。”

直到你告诉我的那一刻，我才明白过来。那个扛着大提琴进出的原来是个男孩。他是一个“异装癖”者，也许正是因为这点，才会被乐队的人排挤，只好一个人出来住这个便宜旅店。因为他的装束并不太夸张，而且身材纤细，很容易让人以为是女孩。我自认为见多识广，却没想到你比我更观察入微。

你说他有他的生活方式，不应该被人排挤。他不是坏人，也不是变态，他只是和别人不一样罢了。因为别人总是对那个男孩没什么好脾气，所以你才会对他露出难得的微笑。

我忽然对你的看法有所改观，我觉得你可能是个不错的人。

你确实是个不错的人。我看到你把旅店餐厅里剩下的饭菜拿去给路边的无家可归者。我看到你从旅店大堂的雏菊花束里拿过一朵送给门口探头探脑的小女孩。

虽然你不爱笑，但你很友好。

布鲁塞尔有一个叫大广场的地方，是市中心，离我住的旅店很近，走几步就能到了。那里有卖画的人，还有很多街头艺人。我喜欢在露天点一杯啤酒，看着游客们一批一批地走过，广场边上有个挂着天鹅招牌的咖啡馆，那是马克思和恩格斯草拟《共产党宣言》的地方，所以常年有游客光顾，但我从来不喜欢凑这个热闹。

有一次我看到你从广场上经过，一身黑衣黑裤，戴着墨镜，慵懒又洒脱。你买了一束薰衣草，闻了闻，心满意足地付钱走人。我还没见过你穿便服的样子，其实你也只是一个普通小伙，二十多岁，有自己的生活。

我跟你打招呼，你走过来，露出了白天不苟言笑的一面。你问我啤酒好喝吗？我说还行吧。

“你知道布鲁塞尔哪里的啤酒最好喝吗？”你问。

我摇摇头。

于是我跟着你穿过无数小巷，来到了一个小酒馆。酒馆不远是比利时漫画博物馆。

我对啤酒其实没有研究，我甚至都不喜欢喝酒，一方面是因为我那破胃，一方面是自己不爱。但我有的时候又会迫切地去做一些自己不怎么喜欢的事情，喝酒就是其中一件。

我跟你喝着啤酒，有一搭没一搭地聊着布鲁塞尔的一切。

你说你最喜欢的就是这个漫画博物馆，你以前的梦想是做个漫画家。

“我也是。”我说。可惜我手残。

“你喜欢什么类型的？丁丁历险记？”我问。

你不说话。我没好意思继续这个话题。

“你见过斯望先生吗？”你问我。

廉价旅店里有一个常住的客人，一般人叫他斯望先生。斯望先生住在六楼的小隔间里，你告诉我他一住就是半年，并且几乎不怎么出门，吃的用的都拜托旅店的人帮忙。斯望先生大约五十岁，是个插画家。他因为缺乏日光，整个人精神都很糟糕，而且走路骨头会嘎嘎作响。但他执意要住在这种阴暗拥挤的地方。斯望先生小时候就喜欢绘画，但是父母反对他画画，希望他学医，他就偷偷地躲在阁楼里画，后来成了专业的插画家，却常常苦于灵感枯竭，只有在这样的阁楼他才会有想法。

“现在已经没有旅店有这样的小阁楼了。”你说，“他找了好久才找到我们这家。”

我觉得你可能是喜欢这家旅店的。虽然你不会笑着介绍这家旅店有多优秀或者特别，但你也不会像其他前台一样在人后数落它的不是。

回到旅店之后，你捧着薰衣草，回到自己的房间插好。

然后夜幕降临，我们一起回到旅店的时候刮起了一阵妖风，暴雨骤降。我去点了两杯苹果酒，感激你一日的陪伴。

我看了看大厅里的钟，时间已经过了十二点，你因为酒精的关系开始变得话多。

你告诉我，你出生在尼斯，也是这样一个风雨交加的晚上，你离开了自己的家。

你十五岁的时候，母亲再婚，两个家庭东拼西凑组成了一个家庭。几年后，你离家出走，过了很久才有人联系到你，问你去哪儿了。你说你去走走，结果直接到了比利时。

你说你恋慕着一个女孩，所以你受够了和她呼吸一样的空气。你希望自己和她是一个毫无关联的人，所以你选择离家出走。

那年你十八岁，你在学校里不是个乖巧的男孩，你打架、斗殴，喜欢欺负人。只因为你的体格还不错，打架从来没输过，所以你并不觉得这件事情有多糟糕。你曾经把一个小胖子欺负到退学，大家暗地里哈哈大笑的同时，你并没有觉得有什么不妥。

你说你其实并不是热情周到的人，你会带着我逛布鲁塞尔，可能是因为我的名字。我跟你解释说，我叫阿紫，薰衣草那种紫。你喜欢的那个女孩英文名叫 Lavender，也是薰衣草的意思。暂且叫她 L 小姐吧。

L 小姐不是什么天仙一样的人物，她不漂亮，还长着一脸小雀斑。她和你在不同班级，每次你和人打架，L 小姐就会在一旁凑热闹，和几个女孩一起看着你笑。从那个时候开始，你喜欢上了打架。也许正是因为只有在这种时候，L 小姐才会目不转睛地只注视你一个人。

你们的学校学风不怎么样，于是老师们都练就了一身折腾人的技能，坏学生每天早上都要跑步，美其名曰是锻炼身体，其实只是为了给好学生们多一些安静的早自习空间。

你和 L 小姐都不属于好学生。你们虽然不同班，却总是一起跑步。女生比男生先跑，男生在后面一个一个追上来。你跑得很快，为了早点追上 L 小姐，你追上了以后却也不放慢脚步，只是会搭一下她的肩膀，然后轻声在她耳边说一句："加油。"你怕老师会给她加圈数，所以很快从她身边跑开了。

L 小姐出身很一般，时常要去打工赚取生活费，很多男孩子对 L 小姐感兴趣，会去便利店看她，有人对她吹口哨，而你总是露出一副不耐烦的样子，把他们赶跑。你却从不久留，买一瓶可乐就走人。你身边有一些朋友也喜欢 L 小姐，他们经常会讨论 L 小姐是如何的酷。只有你知道，L 小姐只是不太喜欢讲话。虽然她身边总是围绕着三五好友，但她们只是任由 L 小姐跟着她们，从来不主动跟 L 小姐说话。其实你并不希望看到这样酷的 L 小姐，你宁可她多跟别人讲讲话，这样笑容也会变多，你喜欢 L 小姐的笑容。

L小姐并不是完全不讲话的，到了晚上，L小姐就会变得很喜欢聊天，甚至有些聒噪。因为那个时候很多人都有早睡的习惯，只有你是个夜猫子，所以L小姐会找你聊天。L小姐的父亲是个嗓门很大的粗人，他没念过书，做了一栋大楼的夜间保安，所以早上都在睡觉，但他的睡眠很糟糕，以致L小姐只要发出一点响动他就会高声骂人。只有到了晚上，L小姐的父亲出门上班，L小姐才会对着月亮说话。她很喜欢这么做，因为月亮是个很好的倾听者，而且月光总是那么温柔。于是L小姐的童年就在这样的情况下度过了。

你也是一个很好的倾听者，L小姐说。她以前总以为你爱打架，但没想到你听人讲话的时候是这么安静。

“听你讲话我才会安静。”你说。L小姐露出了甜甜的笑容。

你在学校里混得算不错，有一天朋友告诉你，说L小姐偷了别人的钱，被几个女生围在走廊里质问。你想也没想就夺门而出。

早上的L小姐一点都不能言善辩，你到的时候，她被人逼在角落，只是一味地摇头，口中说着：“我没有。”但那点辩驳根本平息不了女孩们的怒气。

你冲上前去，几个女孩见到你来了，都下意识地让到一边，除了带头的女孩还在叫嚣。你想都没想，一巴掌甩到那女孩脸上，带着L小姐离开了人群。

你打了一个女孩子。这在男孩之中可不算什么光鲜亮丽的事情，很快，围绕在你身边的男孩也都渐渐有了新的团伙。那个被你打了的女孩，很不巧，是你们学校图书馆捐助者的女儿，家里对这件事情很重视，一再在家长教师协会中提及。

你母亲开始跟你谈话。她希望你去找那女孩道歉，但你大义凛然地说这没什么大不了的，如果你被退学，你就出去工作。你母亲气得摔东西。

你知道你的母亲是在高中时期意外怀上你的，你的父亲当时信誓旦旦地说会养你，然后退学去打工，但发现事事不如意，最后你的父亲离开了你们。你母亲对退学这件事情有多怨恨，可想而知。

但你没有别的办法，你开始考虑退学之后的去向。你居然想到了那个被你揍退学的小胖子，这个时候，你心中才有些隐隐的不安。

结果，你没被开除，甚至连个处分都没有。你知道这肯定不是你的运气，所以你去找了 L 小姐。你看到 L 小姐在教室里换了位置，她被排挤到角落。你一走进 L 小姐他们班的教室，里面的同学就都开始起哄。

L 小姐承认偷了东西，并赔给了女孩那个价值一百欧元的小手镯。女孩颇觉不可思议地收下手镯，心里的怒气也随之消去。她知道这不是她丢的那个手镯，因为那东西现在还在她的床头柜里，所以她开始心虚，骑虎难下地接受了手镯。

“你哪里来的钱？”你问。你当然不相信 L 小姐真的偷了那个女孩的手镯。

L 小姐摇摇头。她没有钱。她用她准备离家出走的钱，买了一个手镯。

你诧异地看着 L 小姐。你以为离家出走这样疯狂的念头只属于你自己，却没想到 L 小姐计划离家出走比你更早，她开始偷偷地省下一些钱，计划逃跑的路线。L 小姐告诉你，其实她并不喜欢笑，只是她发现她笑的时候，客人常常会留下小费给她，所以她开始练习微笑。

L 小姐活得很刻意。她自己都知道，却无能为力。

你知道 L 小姐其实有喜欢的人。男孩的名字你已经不太记得了，男孩的父母都是画家，曾经捐过一幅画给学校，至今还被挂在校长的办公室。他对任何人都很好，还答应帮 L 小姐画一幅肖像。只是他实在是太忙了，忘记了这个约定，L 小姐也不去催促他。男孩和丢手镯的女孩是好朋友，也许正是因为这样，那个女孩才会找 L 小姐的麻烦。在得知 L 小姐偷东西这件事情之后，他就再也没有跟L小姐说过话，他的高傲是那么自然，让人觉得理所应当。

L 小姐很难过，她说她可能永远不会有肖像了。你告诉 L 小姐你也会画画，只是画得不是很好。L 小姐破涕为笑。你为 L 小姐画了一幅肖像，L 小姐很喜欢，说你画得好极了，比那个男生还要厉害。你也好像信以为真。L 小姐不知道，你能画得这么好，其实是经过了很多练习。这并不是你第一次画 L 小姐，你认识 L 小姐的三年里，你画了无数个她。你房间里有很多书，你却从来不看它们，买书只是为了在书里面夹上你画的 L 小姐。

你以为你这样做天衣无缝，但你还是太年轻了，这些伎俩早就被你的父辈用烂了。有一天你回家，你母亲一脸严肃地坐在你的床头。你问她做什么，她却是狠狠地瞪着你。

“你这样太奇怪了。”你母亲吼了你，不顾你的反对打翻了你的书架，你的书和书里面的画像纷纷掉落。有的随着地板上的灰尘稍作飞舞，看起来像是垂死挣扎的蝴蝶。

你愣愣地站在原地。你的母亲丢下你，自己一个人躲到角落去哭了。

那个夜晚雷雨大作，你回忆了自己和L小姐第一次见面的场景。你的母亲和你走进这间略显陈旧的屋子，屋子里站着一对父女，男人佝偻着背，女孩并不怎么漂亮，还一脸雀斑。这便是你第一次见到L小姐。

你的母亲把你引荐给父女俩，把你的手搭上L小姐的手。

“以后你就是哥哥，这就是你的妹妹了。”你的母亲说，带着满脸的期冀。

当时L小姐的父亲已经不再是大楼的夜间保安，而是一家保安公司的区域负责人。你母亲对这个职位很满意，所以很快就定下了两个人的婚姻。你和L小姐对父母的再婚都没有太多想法，你们在婚礼上还扮演了超龄的花童，那样子实在可笑。

你打开抽屉，里面有一些笔，还有一个相框，相框里是母亲、你、L小姐和L小姐的父亲，是婚礼现场的照片，你还穿着那可笑的白色礼服。

你打开相框，里面藏着你打算离家出走的钱。你收起钱，拿了一个小包，随手装了几件衣服，轻手轻脚地开门。你没发现，L小姐也跟在你身后出了门。走了几步才看到地上的影子，你回头，就看到了L小姐。于是你们俩在雨声里互相望着。

“无论你做什么我都支持你。”L小姐说着，追赶上来，撑起一把伞。

这个没有月亮的夜晚，显得格外暗淡。风声在耳边呼啸而过，你却只感受到L小姐温热的体温。你的手肘靠着她的手肘，这便是你生命的全部。

你到车站买了最快出发的票，根本没有考虑目的地是哪里。L小姐跟在你的身后，显得有些紧张。你通过检票口进去之后，还要再等一会儿，L小姐却跑了过来。

“我想陪我哥哥走走，他今天要离开我了。”L小姐对检票员说，并且露出一个大大的微笑。检票员耸了耸肩，无奈地放她进来。

于是你和L小姐在暴雨中的车站缓步走着。这是你最喜欢的一条走廊，你心中想。

“我会想念你的。”L小姐说。

你点点头。

“你知道的吧，其实我并不喜欢你，至少不是那种喜欢。”L小姐说。她的表情有些苦恼，似乎觉得这并不是一个说这样的话的时机。但要是错过了，以后可能真的没有时机了。

你点点头。这种事情，你早就知道了。

L小姐陪你走完了火车站后面的那条长廊。这条幽静小道走完，你的心也从此落地了。你决定不会再喜欢一个不可能的人，你决定重新开始你的人生。

她挥手送你离去。那之后的一段时间，你过得时好时坏，你跟L小姐再次联系上的时候，正好找到了这份旅店的工作。L小姐对你说了很多鼓励的话，于是你就这样一直工作了下来。

你来到比利时已经第三年，你和家人重新联系上了，他们也会来看你，知道你安全之后，你们也只是保持着寻常的联系，像每个在外闯荡的年轻人一般。

L小姐经常会来看你。特别是每年圣诞节，L小姐就会带着礼物从南法过来看你，去年她甚至过来实习了一阵子才回去，就住在旅店二楼靠窗的房间。

L小姐变得很开朗，做任何工作都讨人喜欢，你不知道这些年她经历了怎样的生活，但你觉得这样不坏。

你和L小姐依旧很好，你喜欢着L小姐，这点至今没有改变。因为喜欢一个人，所以你开始变得和这个人很像。有点像弗洛伊德描述的那样，你的这些变化是不自觉的，等你发现的时候，你已经形成了习惯。

我听你讲完你的故事，屋外依旧是狂风暴雨，屋内却极其宁静。你问我接下来要去哪里。原子球还是滑铁卢？

“我还没找到小于廉的雕像。”我说。

“我明天带你去吧。”你说。

“谢谢你。”我说。我很庆幸自己给自己取了这样一个名字。不然我可能听不到这样一个故事。

风雨过后，比利时的空气变得清新无比。

你带着我走在布鲁塞尔窄小的石板路街道上面。你指了指路的右边，告诉我：“这是小于廉雕像。”

我侧头，这尊全世界著名的撒尿小童雕像就在大广场不远的地方。我路过了好几次，都没注意到它的存在。因为它离我实在太近，所以很容易就被遗忘了。

我走的那天，你给我结账，还送我到门口。也许是错觉，我觉得你和我第一次看到的你已经判若两人。你虽然没有笑，但是神情很愉悦。

我拉着箱子离开了你和旅店，未到转角处的时候，一个穿红衣服的女孩与我擦肩而过，她蹦蹦跳跳十分惹眼，我不禁被她吸引。只是我并未转身，从玻璃的反射里，我看到她飞扑入你的怀中。你揉着她的脑袋。我又看到她的脸，不是很漂亮，还带着点雀斑。

我想说，虽然我不知道后事如何，但我为你感到高兴。

也不知道是哪个晚上，大厅值班的人不是你，我跟我的论文浴血奋战。凌晨三点刚过，我就精疲力竭，抱着电脑上楼，却从楼梯玻璃窗里看到你。

你穿着一身旧T恤、牛仔裤，在旅店的后门蹲着，你好像在抽烟，我看到街道里红色的灯光反射在你的脸上，划过两道幽深的痕迹。你身旁，放着一束枯掉的薰衣草。

我想，我就是从那个时候开始对你感兴趣的。

你说你喜欢那些看起来与寻常人有些不同的人。这样就可以告诉自己，其实自己的感情也并没有什么大不了的。无论是感情本身，还是失去感情这件事情。无论是爱本身，还是爱的对象。其实都没什么大不了的。你这样说，但我知道，这样说，其实很难劝服自己。

我有相当长的一段时间把你这个人忘记了。我会想起你，是因为今晚杭州要刮一场台风。我已经很久没有看到这座风和日丽的城市变得这样暴戾，但心里稍稍带着一些期待。我到现在都不知道你的名字，所以只能以旅店青年相称。希望你不要介意。

写到这里，我想起你之前跟我说过你离家出走的那个晚上。有些片段我记不太清了。也许是另一个版本？因为记不太清楚，所以我就暂且把脑海里的场景记录下来。等下次遇见的时候，再纠正我吧。

在火车进站之前，天空依旧没有丝毫光亮。你和 L 小姐缓缓地游走在月台上面。

“我不喜欢你。”L 小姐说。

你点点头。

“但我感谢上帝，我的生命里出现过你。”L 小姐又说。

你诧异地看着 L 小姐。

你不明白这句话的意思，所以你想等 L 小姐给你一句注解。

然而这个时候火车进站了。汽笛鸣响，灯火通明。你猛地抓住她的手，不顾她惊讶的神情。

“跟我走。”你说。

后记

三毛在《谈心》里说：刻意去找的东西，往往是找不到的。天下万物的来和去，都有他的时间。

我二十岁那年经历了一场车祸，轻度脑震荡，失去了一部分记忆，在那之后记性就很差。我并不是想说我是个苦命的人，我想说有些人脑子摔坏了，抑郁症却治好了，塞翁失马，焉知非福。

我很想知道那天到底发生了什么，却什么都想不起来了。我一直都很介意，用了很多方法想要努力回想，也问过很多人。直到我三十岁的某一天，忽然意识到，这件事情，根本不重要。

我们的执念有的时候真的很奇怪，铆起劲儿来执着一件无关紧要的事情，三五年都放不下。但忽然有一天，到了某个时刻，是否记起一件事，是否等到一个人，都变得不再重要。

我们一直都以为我们的各种执念会有一个体面的closure，可事实上，就像动画里BoJack Horseman说的，closure根本是斯皮尔伯格发明出来卖电影票的惊天大谎话。

大多数时候，我们执念许久的东西，会在一个瞬间消失，去似朝云无觅处。

这本书里，记录着我的旅行，也记录着我的狐朋狗友。他们干过好事，也干过不少坏事，还有一些丢脸的事，像大多数人一样。

我曾经最喜欢的事情是坐在特拉法尔加广场的喷泉边上，喂鸽子，半天不说话。然后有人在我边上坐下来，我会观察他，看着他坐下来的时候是什么样的表情，离开的时候又是什么样的表情。从来没人报警，也没人以为我是变态，这点让我很庆幸。

我开始一个人旅行是十年前，就像我之前在某篇文中提及的，我追着一个人跑到纽约，在肯尼迪机场坐了七个小时。

他说“不要怕，等我下班就去接你”，我说“不用了，我是来玩的，又不是一定要见你”。

年轻的我们倔强又生猛，无知无畏地错过一个又一个人。

那年，我固执又别扭地登上自由女神像的最高眺望台，看到这一片不属于我的风景。我想，很多东西都不属于我，而我呢，又何尝属于他们？我怀着一种莫名其妙的“自我牺牲”的悲壮离开了纽约，因此我觉得纽约是那么不适合我。但是2014年我再一次去纽约的时候，这个城市却让我觉得无比温暖和欢欣。纽约没变，是我变了。就像青山七惠写的《一个人的好天气》，或是张爱玲的《倾城之恋》，这两部作品于我而言感触良多，她们告诉我——最好的结局往往不是达成夙愿，而是使自己变得知足。

在我二十几岁的时候，我以为我的生活会像一部公路电影，比如杰克·凯鲁亚克的《在路上》那样，我要在全世界各个角落挥霍我的青春。

我想说的爱情故事，是极为寻常的，有哀伤的故事，有幸福的故事，也有卑微的故事和让人不屑一顾的故事。我写故事的时候其实没有所谓的初衷，或者是初衷一直毫无节操地改变着。如果你觉得有一天你变成自己不认识的样子，其实不需要太害怕，走出门，抬起头，你会发现整个世界也不再是以前的样子。天下万物的来和去，都有他的时间。

这本书里本来还应该有一个关于费城的故事，一个关于东京的故事和一个关于纽约的故事，还有很多个关于爱情的故事，它们发生着，日新月异着。

最后要感谢很多人。我开始着手整理这本书稿。其间有太多人给予我帮助。感谢责编秒秒，感谢故事的参与者和影像记录者Aris、Alfred、阿宅和娃娃夫妻、Year、Loki，为我们念故事的叶清老师，以及其他好友们。

写于2016年9月12日深夜